Journal d'un Pervers Narcissique

Roman

Narcisse Pervers

« Il n'y a que trois choses que l'on puisse faire avec une femme. On peut l'aimer, souffrir pour elle ou en faire de la littérature. Le Quatuor d'Alexandrie Lawrence Durrell

Edition : BoD - Books on Demand
12/14 rond-point des Champs Elysées, 75008 Paris
Imprimé par Books on Demand GmbH, Norderstedt, Allemagne
ISBN : 9782322095407
Dépôt légal : février 2017

I

Lettre du docteur Dufer au docteur Gouny

Ce qui importe, c'est que la victime paraisse responsable de ce qui lui arrive ».
Le Harcèlement Moral - Marie-France Hirigoyen

A l'attention du Docteur Gouny
Service des placements volontaires
Hôpital Sainte-Anne
Paris

Paris, le 23 décembre 2013

Cher collègue et ami,

Tu viens de m'informer, par message téléphonique que mon patient Pierre Neveu a quitté hier, 22 décembre, de son plein gré, votre service de Sainte-Anne où il avait demandé son placement volontaire, une semaine auparavant.

J'apprends, par la même occasion, la véritable identité, telle qu'elle ressort des documents d'admission, de celui qui, se faisant passer pour Pierre Neveu, dans ma pratique, se dénommait en réalité Charles S.

Je t'avais adressé ce patient début décembre.

Je t'envoie en urgence ce courrier par mail car avant son placement, il m'avait envoyé un document intitulé 'Journal d'un Pervers Narcissique' (PN), document que je joints à la présente. Je l'avais classé dans son dossier sans prendre le temps de le lire en cette veille de Noël.

Ce document permet de mieux cerner le profil psychologique de Charles S., et, je le crains, sa dangerosité pour Sophie M, son ancienne compagne. Sophie M. est, en effet, également ma patiente ; j'ai découvert, en lisant son envoi, qu'elle était la victime de son comportement pervers et qu'il m'avait dissimulé sciemment qu'il savait que j'étais son analyste.

Je suis Sophie M. depuis prés de cinq ans. Elle ne me semblait pas souffrir pas de troubles psychologiques graves mais d'un manque de confiance, une recherche pathologique d'hommes dominants, généré par un Œdipe mal surmonté. Nous avions beaucoup parlé de sa relation douloureuse, sans espoir, qui la détruisait, avec celui qu'elle désignait par Charles S. Je lui avais recommandé de le quitter ce qu'elle s'était, enfin ; décidé à faire en mars dernier.

Sa fille est, également, en analyse, sur la recommandation de sa mère, chez notre confrère Calan. Sophie M. a manqué les deux dernières séances sans explications. J'avais négligé de Calan.

Sophie M. a manqué les deux dernières séances sans explications. J'avais négligé de l'appeler car c'est une patiente 'au long cours', sans risques, mais suite à la lecture de ce journal, j'ai tenté de la joindre par téléphone. Elle est sur messagerie vocale or je pense qu'il faut la protéger contre son ex qui me semble dangereux à la lecture de son journal.

Charles S. est venu me consulter en janvier dernier, donc avant la fuite de Sophie M., pour, se dissimulant sous les traits joués d'un patient soufrant d'une rupture amoureuse, tenter, par nos échanges, d'obtenir des informations sur Sophie M., me cerner psychologiquement, évaluer mon influence sur sa compagne, renforcer sa capacité de contrôle sur sa victime. Pour se venger de moi également ne serait-ce que par l'humiliante révélation qu'il m'avait berné ?

Pierre N. est, je le comprends maintenant un pseudo, un jeu de mot douteux sur PN (pervers narcissique). Ce patient m'a toujours réglé les séances en espèces, je n'ai pas pu vérifier son identité et nous avons toujours correspondu par des courriels ou des sms. Je réalise aujourd'hui qu'il m'a donné une fausse adresse postale voire une adresse qui n'existe pas.

Lors de notre première séance, il me dit, de manière provocatrice, qu' « il n'aimait pas les psys », mais venir me voir pour dépression, suite au départ de sa compagne, « et se conforter en ce que je ne pouvais rien pour lui ! ». Sa prévention affichée persista, mais il sembla accepter le protocole de l'analyse et ne manqua aucune des séances hebdomadaires. Cette franchise m'apparaît aujourd'hui comme un leurre cachant ses vrais motifs, une forme de provocation pour s'enorgueillir de ma naïveté.

Au retour de ses vacances d'été, il me fit part de pulsions suicidaires. Je lui prescrivis du Deroxat mais sa neurasthénie ne fit que s'aggraver. Il m'avoua ne pas prendre ses anti-anxiolytiques. Devant la dégradation rapide de son humeur, j'ai fini par céder à sa demande en te l'adressant. Tu as bien voulu le prendre en placement volontaire en décembre dernier dans votre service à Sainte-Anne, le temps de lui permettre de reprendre pied dans sa dépression.

La confession jointe montre qu'il n'a cessé de composer un personnage de dépressif pour cacher ses véritables motivations. Il est ici à Paris, menaçant les autres, se menaçant lui-même ? J'emploie le présent car, malgré l'annonce de son suicide qui clôt son journal, l'hypothèse du suicide me semble peu probable car la pulsion suicidaire est, on le sait, incompatible avec un profil de PN ce qu'est, ou était, Charles S. Un PN détruit les autres par frustration, mais ne se détruit pas.

Je dois avouer avoir été dupe de l'écran de fumée qu'il a développé au cours de nos séances. Je n'ai pas décelé le manipulateur pensant avoir affaire à une dépression suite à une rupture amoureuse. Certains traits de caractère dénonçaient le PN mais c'est une catégorie qui ne fait pas, on le sait, l'unanimité entre psychiatres et nourrit les articles à sensation sans toujours la rigueur scientifique nécessaire et elle est un peu 'fourre-tout '. Provocateur, Charles S. a utilisé ce terme au détour d'une de nos dernières séances, à la manière d'une pierre qu'il plaçait derrière lui, pour que je puisse me reprocher plus tard mon manque de clairvoyance, car il avait alors déjà choisi d'interrompre nos séances pour cette pseudo (?) hospitalisation volontaire.

La veille de son internement volontaire, quelques jours avant les fêtes de Noël, - ironie de sa part ?-, Charles S. m'a, en effet, envoyé, par mail, ce long texte, intitulé 'Journal d'un Pervers Narcissique' que je joints à la présente mais que je regrette de n'avoir pas pris le temps de lire avant votre appel m'informant de sa disparition. Je me suis donc décidé à la lecture de ce journal pour déterminer s'il me fallait m'inquiéter de son départ de votre service, voire journal pour déterminer s'il me fallait m'inquiéter de son départ de votre service, voire signaler sa disparition aux services de police. Je n'ai malheureusement les coordonnées d'aucun de ses proches et ne dispose que d'un mail et d'un numéro de portable ; il a prétendu d'aucun de ses proches et ne dispose que d'un mail et d'un numéro de portable ; il a prétendu vivre seul, sans contact avec les siens. Le journal joint montre qu'il n'en est rien…

J'ai ainsi découvert, en lisant son soi-disant journal, que la personne qui aurait subi ses comportements de PN est Sophie M., qui est une de mes patientes. Il ne dissimule pas son nom véritable, trop heureux de me prendre à défaut, moi le psy !

Après cette lecture, 'édifiante' mais inquiétante, j'ai tenté de joindre bien évidemment Sophie M. Elle ne répond pas à mes appels ; son portable reste ouvert mais on passe sur sa boite vocale qui, saturée, ne peut plus prendre de messages.

Je crains que Charles S. n'ait des pulsions meurtrières à l'égard de Sophie M. qui l'a quitté. Le journal de Sophie M. qu'il m'a envoyé avec son 'Journal d'un PN' est probablement sa propre création, en forme de pastiche, de dérision, ou, pire, le véritable journal de sa victime, au propre comme au figuré. Impossible d'en trancher.

La lecture de ces textes semble me faire obligation de rompre le secret médical et d'alerter les services de police sur la disparition d'un malade potentiellement dangereux.

Pour éclairer la lecture de ce Journal d'un PN, voici quelques éléments de profil personnel de Charles S.

Charles S. est ancien élève de Normale et de l'École Nationale d'Administration. L'écriture de ce journal traduit, 'ad nauseam', sa culture littéraire dont il s'enorgueillissait tant lors de nos entretiens. Il a trouvé dans la perversion narcissique un thème de création littéraire et chaque ligne trahit l'ambition d'écrire un ouvrage capable de rivaliser avec le Journal d'un fou de Gogol ou les Mémoires de Jean-Jacques Rousseau. Cette confession égotiste reflète bien le personnage, brillant, cultivé, maître de lui, impossible à déstabiliser, m'enfermant dans sa dialectique à tiroirs, dans sa sophistique qui était comme une vis sans fin, comme un trou noir qui absorbe la matière et retient jusqu'à la lumière. Voilà, c'est cela, les PN sont des 'trous noirs' comme ceux formés par les étoiles mortes, écroulées sur elles mêmes, d'une densité énorme qui avalent les corps célestes dans un ultime flamboiement de lumière. Les PN mangent leur proie et restent seuls avec leur besoin de nouvelles victimes après sacrifice fait à leur propre vacuité.

Relisant ces dernières phrases, je constate qu'elles trahissent une rancœur bien peu professionnelle et un lyrisme peu professionnel, merci de m'en excuser mais reconstituant le souvenir des analyses parallèles de Charles S. et Sophie M. je suis de plus en plus inquiet pour elle.

Pour faire de ces pseudo-confessions, un usage utile pour de futures thérapies, il faudra déconstruire, à loisir, ce texte, lire l'inverse des sentiments exprimés, chercher le sens occulte des manifestations factices, ne pas succomber à l'empathie avec les expressions fallacieuses de l'auteur. Soigner un PN c'est 'taquiner les moustaches du tigre' tant le PN est déstabilisant pour nous autres psychiatres malgré notre formation. D'ailleurs peut-on vraiment soigner un PN ? Les PN, qui s'ignorent, se jugent parfaitement sains et, ceux, qui s'assument, en tirent une gloriole, mieux, une jouissance. Charles S. me déclara, lors d'une de nos premières

séances, que : « Bien évidemment, si je lui disais qu'il était malade, et qu'il refusait cette appréciation, je lui répondrais que cette négation était l'expression même de son mal être car, pour les psys » blagua-t-il, « nous ne sommes pas tous des malades qui s'ignorent, comme affirmait le docteur Knock, mais des malades dans le déni !».

L'homme était séduisant, la cinquantaine avancée, mais en paraissant quarante, avec sa silhouette conservée musclée par la pratique intensive de la natation, plastronnait-il. « Je suis comme Dorian Gray » ironisait-il « vermoulu en dedans mais intacte à l'extérieur ». Il tenta même, au début de me séduire, puis il cessa ce jeu, comme un chat qui délaisse une souris même, au début de me séduire, puis il cessa ce jeu, comme un chat qui délaisse une souris faute d'appétit. J'ai ressenti une certaine frustration de son passage à un mode neutre dans nos rapports, où était-ce une manœuvre, un peu comme Valmont dans les Liaisons dangereuses fait semblant de se détourner de la malheureuse

Présidente de Tourvel, pour la harponner mieux à sa ligne amoureuse. Je me suis reprochée bien évidemment cette empathie avec mon patient mais n'ai pas interrompu l'analyse, ce que j'aurais du, je le comprends maintenant, faire d'emblée alors.

Sa motivation à se soigner ne me convainquait pourtant pas. Quelque chose clochait dans les traits de caractère qu'il me livrait complaisamment et le tableau d'une dépression qu'il peignait avec des mots choisis, appropriés, qu'il avait, je le sais maintenant, appris de ses recherches sur internet sonnait faux. Tout d'abord, il n'était pas sincère dans sa volonté de guérir ; il restait sur ses gardes, affichant une sincérité de façade. Il se comportait comme un bon commercial qui vend un produit auquel il ne croit pas mais avec le bagout nécessaire. Son produit, c'était lui-même, son ego, son plaisir à se regarder dans le miroir de son intelligence réflexive. Il venait chercher en moi un partenaire pour sa dialectique narcissique ayant perdu le jouet de son jeu pervers qu'était sa compagne qui s'était enfuie et lui avait échappé. Il avait décidé d'aller affronter le psychiatre qu'il méprisait pour sa prétention à départir normalité et pathologie. Il voulait m'affronter, les armes analytiques à la main, pour se convaincre de sa supériorité. Sa morgue était celle d'un possédé qui provoque le prêtre exorciste. Pour mieux me vaincre, il mimait la subordination du patient et répondait calmement à mes réponses. Tout cela n'était qu'un conditionnement de sa part ; il voulait me mettre en confiance pour mieux cerner ma personnalité comme le judoka recherche les failles dans la garde de son adversaire.

Peut-être espérait-il, sachant que Sophie M. était en analyse chez moi, obtenir des nouvelles d'elle et, plus directement, construire des armes dialectiques pour contrebattre mon influence. Il préparait également le dénouement de sa fausse hospitalisation, préalable à la révélation de son Journal d'un Pervers Narcissique, ultime (?) pied de nez.

Il n'y a pas consensus au sein de la communauté psychiatrique pour faire des PN une catégorie psychiatrique. J'ai eu immédiatement la conviction d'en rencontrer un exemplaire type en lisant ce journal. Je livre ce Journal à votre sagacité.

Par contre, il n'est manifestement pas fou ; s'il a pensé monter ce subterfuge pour être pénalement irresponsable d'un éventuel atteinte à l'intégrité physique de sa compagne, qu'il ne compte pas sur moi devant la justice, bien au contraire.

Durant son analyse, il me fournit avec méthode tous les traits d'un dépressif. Je le soupçonne d'avoir étudié le profil, fait une fiche 'Sc Po' pour conduire nos entretiens. Seules sa fatuité et ses provocations contre les psychiatres n'étaient pas cohérentes avec le profil d'un patient neurasthénique mais je mis cela sur la suffisance des énarques sans chercher plus loin. J'ai eu tort, car il livrait, volontairement une clé sur sa vraie personnalité pour voir si j'aurais l'intelligence de l'utiliser pour déjouer sa comédie et il tira, certainement, grande jouissance de ma naïveté.

Je lui avais objecté, bien pauvrement, que, sans envie vraie de se soigner, toute thérapie était vaine. Il parlait de manière vague de ses échecs sentimentaux successifs, se plaignant que plusieurs femmes, qui l'avaient aimé, l'avaient quitté et qu'il était arrivé à un âge où il souhaitait stabiliser, enfin, sa vie amoureuse. Ses soi-disant avanies amoureuses étaient autant de leurres. Il me fournissait ces informations comme de la menue monnaie, de la fausse monnaie ; je comprenais bien que ne n'était que des paravents mais nous sommes habitués à ces préliminaires des patients qui ne se livrent qu'après plusieurs séances.

Il me déclara, à compter de septembre, être tellement désespéré de cette impasse qu'il ressentait des pulsions suicidaires. Cette déclaration était inattendue, mais je jugeai prudent de lui prescrire du Deroxat par précaution, comme je te l'ai dit, je crois déjà dans ce mail un peu désordonné et trop long.

Je ne comprends que, maintenant, à la lecture de son Journal, la véritable motivation de sa venue. Il pratiquait son analyse comme un Cluedo, livrant des indices tous faux pour me lancer sur de fausses pistes et pour explorer à travers son analyse la psyché de sa victime. Je lui servais de miroir à sa propre interrogation sur lui et sur elle. Ayant été le psychiatre de sa compagne, il cherchait à me lire pour découvrir les conseils que j'avais pu lui donner pour la protéger contre lui, pour mieux cerner sa proie. Pour se venger ensuite de moi, en me livrant ce journal qui publiait sa duplicité et ma naïveté, qui triomphait, à travers moi, des 'shrinks'. Il y avoue/affirme/fantasme que sa dernière victime s'est suicidée et que cela le convainc de Il y avoue/affirme/fantasme que sa dernière victime s'est suicidée et que cela le convainc de la nécessité de se guérir, l'autre alternative étant son propre suicide mais, comme il se complaît à se contredire, plus loin, dans son écrit, il ne s'agit là encore que d'une gesticulation complaît à se contredire, plus loin, dans son écrit, il ne s'agit là encore que d'une gesticulation car il n'a aucune envie de se suicider. Sophie M. s'est-elle suicidée, l'a-t-il tuée, réellement ou symboliquement ?

Il ne livre pas le nom de sa victime, seulement des initiales, Sophie. M, voire SM, dans son journal, par un très mauvais jeu de mot sur Sadomasochiste. Il expose avec finesse et perfidie le rapport, de fait, assez sadomasochiste entre lui et sa victime. Il décrit sa compagne comme faible car amoureuse, tout en voyant dans son amour non pas un sentiment mature d'adulte mais une exaltation possessive d'une personne n'ayant pas réglé une pulsion incestueuse de son père. Abusant de sa domination sur son amante, il s'exonère largement sa culpabilité voire de sa responsabilité en incriminant le déséquilibre caractériel de sa compagne.

Le suicide de sa compagne est-il réel ou fantasmé ? Sophie M. est-elle morte à l'heure où je t'envoie ce mail ou s'est-il contenté de la tuer symboliquement par ce faux journal de sa victime ? L'a-t-il tuée après l'avoir tant dominée ? La perversion morbide de Charles S. s'est-obsessionnel et il libère sa proie dans le même mouvement où il se construit une douleur et une culpabilité, propices à une auto flagellation jouissive. Le chat joue avec la souris jusqu'au moment où, lassé, il la laisse filer ou la croque. La mort de Sophie M., qu'il prétend subir et non avoir provoquée, le place, lui-même, en victime autant qu'en bourreau. Victime, il se pleure, ignorant la douleur de celle qu'il a blessée voire poussée au suicide.

Ce Journal, rédigé comme une provocation et une pierre de plus dans son jeu de piste pervers. C'est aussi une pièce de son dossier médical, voire une pièce d'instruction policière. Il me faudra confier ces pseudo-confessions aux services de police, s'il s'avère que Sophie M. est Introuvable, pour qu'ils lancent un avis de recherchent sur Charles S. également et s'assurent qu'il n'a pris aucune part dans sa disparition. J'ai plutôt la conviction d'une ultime manipulation de la part de Charles S. qui, me laissant ces aveux, cherche à me duper en me conduisant à une démarche d'alerte auprès des services de police qui, s'il se révélait que sa fiancée ne s'est pas suicidée, me ridiculiserait encore en démontrant ma naïveté. Mais la 'bonne farce' est peut-être tragique...

Comme tu le liras, ce journal est construit à plusieurs voix. Charles S. intègre dans son journal, des épisodes repris dans le journal intime de Sophie M. qui racontent à la fois la même histoire et une tout autre perspective sentimentale, comme le reflet décalé d'un miroir. La construction de son journal se veut habile, volontairement labyrinthique. Des portes s'ouvrent pour précipiter le lecteur dans des chausse-trappes. Autant de pièges et d'illusions, Charles S., qui se complaisait dans les références cinéphiles, l'aurait comparé à la galerie des miroirs 'à la Dame de Shanghai' ou dans celle de l'Homme au Pistolet d'or avec une scène finale de duel entre lui et moi.

Pour le style, il prétend au style classique Grand siècle. Cela sent son normalien comme cette manie d'insérer des citations qui sont autant de leurres car le plus souvent ces citations contredisent plus qu'elles n'annoncent les sentiments développés dans le chapitre qu'elles contredisent plus qu'elles n'annoncent les sentiments développés dans le chapitre qu'elles introduisent en exergue, ou bien faut-il y voir le clin d'œil du menteur ?

S'il y avait quatre personnages principaux narrateurs, et non seulement le pervers et sa victime, il nous offrirait le Quatuor d'Alexandrie du PN, à moins que nous soyons, toi et moi, les deux autres narrateurs de sa perversité ?

Avant de saisir les services de Police de mes inquiétudes, je te livre ce journal à tiroirs en vous remerciant par avance de ton conseil sur la conduite à tenir au vu de votre pratique de ce vous remerciant par avance de ton conseil sur la conduite à tenir au vu de votre pratique de ce patient.

Je te laisse car on sonne à ma porte.

Curieux car je n'attends pas de patient à cette heure ci !?

En espérant que tu trouves rapidement ce mail, N'hésite pas à m'appeler sur mon portable.

Amitiés

Docteur Florence Dufer

II

Journal de Charles S.

« Je veux former une entreprise qui n'eut jamais d'exemple, et dont l'exécution n'aura point d'imitateurs. Je veux montrer à mes semblables un homme dans toute la vérité de la nature ; et cet homme ce sera moi »
Jean-Jacques Rousseau - Confessions

2008

Mai

Initiation de Sophie M.

« Si tu peux voir détruit l'ouvrage de ta vie … Tu seras un homme, mon fils. »
Rudyard Kipling

Hier soir, avait lieu la tenue de ma loge bleue Rudyard Kipling. Le Vénérable Maître(VM), par ailleurs Très Respectable Grand Maître (TRGM) de la Grande Loge Tradition et Spiritualité (GLTS), me fit l'honneur de me faire monter à l'Orient.

J'ai rejoint cette obédience après avoir démissionné de la Grande Loge Nationale de France, à l'issue de deux vénéralats, fatigué des jeux des petits chefs à grands tabliers bleus, des politiques immobilières mafieuses du Grand Maître qui finira en prison si la justice fait son travail. La GLTS est une obédience mixte où règne une ambiance très réellement fraternelle et bon enfant. Avec quelques centaines de membres seulement, c'est comme, j'aime à l'appeler, 'une start-up maçonnique !' née d'un 'spin off' de la GL Nationale Française. Les Francs Maçons (FM) ont un goût poussé pour la balkanisation en petites chapelles revendiquant la régularité, la plus pure tradition Maçonnique dans des discussions alambiquées qui rivalisent de glose obscure avec celle des Pères de l'Église discutant à longueur de siècles de l'unité du Saint Esprit ou du caractère humain et/ou divin du Christ.

J'aime, me disait-il, l'humanité, mais, à ma grande surprise, plus j'aime l'humanité en général, moins, j'aime les gens en particulier, comme individus.
Dostoïevski – Les Frères Karamazov

C'était une tenue d'initiation. Six profanes, hommes et femmes - nous sommes une obédience mixte - étaient sur les parvis. Ils étaient passés sous le bandeau lors de la tenue du mois dernier. Le Vénérable Maître, demanda aux dignitaires assis à l'Orient de se joindre à lui pour recevoir les serments des nouveaux initiés. Ce n'est pas parfaitement conforme au rituel mais il dirige son atelier comme un régiment… Comme il lui manquait un officier pour faire face aux impétrants, il me fit l'honneur de me faire monter à l'Orient pour pouvoir procéder, en parallèle, aux six initiations.

'Les français adorent former des régiments pour en être les colonels'
Vie de Napoléon de Stendhal

Laurent Carmel, le Très Respectable Grand Maître, est un ancien officier de la Légion étrangère qui a fait la guerre d'Algérie, et disent les mauvaises langues de l'atelier, aurait eu une faiblesse pour Salan. Plusieurs Frères (FF) sont, de fait, des anciens d'Algérie française, formant une fraternité dans la fraternité ; je compris depuis, que c'était, non seulement une virile phalange échangeant des souvenirs de para, mais, tout autant, une mafia servant l'imperium du TRGM sur l'Obédience. Quelques mois après la fondation de l'obédience, une 'nuit des longs couteaux' l'a débarrassé de tous les autres Papabile qui prétendaient introduire un fonctionnement collégial, comme il est de tradition maçonnique... La spin off est devenue 'sa petite entreprise Maçonnique', dirigée de manière dictatoriale, par 'Les Thénardiers' comme je les appelle, c'est-à-dire le couple formé du TRGM et de sa compagne à laquelle il fait parcourir les trente trois degrés du Rite Écossais Ancien et Accepté à la rapidité des FM américains qui confondent maçonnerie et Rotary.

Dans la chaire du roi Salomon, le TRGM alterne, de manière abrupte, des douceurs jésuitiques avec un ton martial pour sanctionner le comportement de tel ou tel. Son charisme naturel et son commandement appris en font un habille manieur d'hommes. Il conduit le ballet bien réglé du rituel comme une parade militaire. Peu intellectuel, il s'énerve des digressions et gloses savantes de certains vaniteux qui font assaut de citations parfois absconses et comprises d'eux seuls. Il cloue au pilori ces 'sachants' qui se congratulent après la fin de la tenue, avec des mines de premiers de la classe, sur leurs obscurs commentaires de gnoses mal digérées par son antienne favorite : « Je reste assoiffé, devant votre puits de science, de l'eau fraîche de la simple fraternité ! ». Les Pic de la Mirandole au petit pied baissent la tête, faussement contrits, mais, en leur for intérieur, solidaires comme des conspirateurs.

Vénus sortie des eaux

La profane qui me faisait face, et que je devais initier, était une jeune femme qui me sembla d'une quarantaine d'année, blonde, svelte, racée dans son tailleur noir et son chemisier blanc. Les lumières basses du temple et la clarté des bougies sur le plateau du Vénérable éclairaient doucement son visage. Elle est belle même si son sein n'est pas dénudé, me fis-je la réflexion en me remémorant, avec amusement, un Frère expert qui, ayant trop longtemps travaillé dans une obédience masculine, voulait déshabiller une impétrante en lui dénudant la poitrine droite jusqu'à ce que je lui dise que la mixité nous conduisait à ne dénuder que le genou gauche. L'impétrante me faisait face, et entre nous passa quelque chose de l'ordre de l'intime. A l'issue des travaux, je lui demandais sa carte de visite, ce qui ne se fait pas, mais j'avais décidé de la revoir. Je savais qu'elle serait mienne ; peut-être ne le sait-elle pas, ou ne se l'avoue-t-elle pas encore ?

Elle s'appelle Sophie M. et est avocate m'informa sa carte de visite.

Je lui ai téléphoné dés ce matin pour l'inviter à la réunion annuelle d'une association inter-obédientielle qui a lieu en juin prochain. Elle a semblé un peu surprise d'un appel si prompt mais, m'ayant reconnu dans l'inconnu d'hier, elle a accepté.

Je suis heureux et serein.

Juin

Banquet maçonnique

« Vous aviez de sens froid un dessein de m'enflammer, vous n'avez regardé ma passion que comme une victoire et votre cœur n'en a jamais été profondément été touché »
Lettres de la religieuse portugaise

Je suis arrivé volontairement un peu en retard au dîner. J'ai enlevé Sophie à un groupe de frères et de sœurs qui bavardaient gaiement. S portait un ensemble pantalon tailleur noir très sobre qui lui faisait une silhouette déliée et élégante. J'étais gai, enjoué, charmeur. Les 'tri bises' que nous nous dispensâmes installèrent, d'emblée, une atmosphère naturelle entre nous.

« Il soutint avec beaucoup d'adresse notre conversation particulière, en ne paraissant s'occuper que de la conversation générale, dont il eu l'air de faire tous les frais »
Les Liaisons dangereuses – Lettre 85 - Choderlos de Laclos

Le TRGM nous proposa de nous joindre à sa table. Nous étions trois couples à sa table. Je ne parlais qu'à elle. Les voix des autres tables nous parvenaient comme un bruit de mer lointain. Nous nous parlions avec les mots, avec les yeux. Bientôt nous perdîmes jusqu'à la conscience des autres convives et c'est, au moment où chacun quittait la table, que je réalisais l'impolitesse de notre conversation exclusive.

« Donc, je jouais le jeu. Je savais qu'elles aimaient qu'on n'allât pas trop vite au but. Il fallait d'abord de la conversation, de la tendresse, comme elles disent…J'avais alors gagné, et deux fois, puisque, outre le désir que j'avais d'elles, je satisfaisais

l'amour que je me portais, en vérifiant chaque fois
mes beaux pouvoirs »
La chute – Albert Camus

Je lui expliquai ma détresse quand j'avais été séparé brutalement de mon fils par le départ 'à la cloche de bois' de sa mère qui refusait de voir mes filles et exigeait presque que je les renie pour m'occuper exclusivement d'elle et de notre fils. Elle me dit sortir elle aussi d'une « histoire douloureuse ». Nous étions tous deux échoués sur la même plage des amours malheureuses. Ma solitude l'émouvait car c'était le miroir de la sienne.

« C'est pour mieux faire diversion que ce pénétrant
impénétrable laisse croire à une relation bilatérale
alors qu'il évite à tout prix l'échange »
La Bruyère, Caractères VIII

Je la raccompagnais au métro et lui demandais de la revoir. Elle accepta et cela était déjà un consentement à devenir mienne.

Juin

Amants

« J'aime bien mieux être malheureuse en vous
aimant que de ne vous avoir jamais vu »
Lettres de la religieuse portugaise

Hier soir, elle a accepté de venir dîner chez moi.

Elle m'en dit plus sur elle. Elle sort d'une liaison de quatre ans avec un homme qui l'a sacrifiée à ses enfants et elle ne se sent pas repartir dans une 'histoire nouvelle' ; notre rencontre lui semble trop rapide.

Je compris qu'elle me demandait un peu de temps pour céder et me contentais d'un chaste baiser ce premier soir.

Au sortir d'un second dîner chez moi, elle m'en voulut d'avoir cédé. Elle se reprocha cette faiblesse physique qui l'avait détourné de la prudence qu'aurait du susciter chez elle les très nombreuses photos de mon fils et de mes filles, qui peuplent mon appartement. L'importance avouée de ma relation, jugée par elle fusionnelle, avec mon fils, l'inquiète.

Je ne lui avais en effet rien caché des conditions du départ à la cloche de bois de la mère de mon fils.

J'étais rentré de congés d'été passés à l'île de Ré, devant travailler la dernière semaine de juillet, la laissant avec notre fils Paul, âgé alors de quatre ans, pour, me mentit-elle, rejoindre une amie dans sa maison de campagne. J'étais rentré à vingt et une heures après une dernière étreinte la veille et un dernier baiser à mon fils sur le quai de gare. Ils avaient pris un train du matin mais, comme je le compris alors, pour une destination inconnue de moi. Je fus surpris de la disparition d'un tableau dans l'entrée, crut d'abord à un cambriolage. Allant de pièces en pièces, je découvris les vides laissés par les meubles emmenés. Le lit lui-même, qui lui appartenait, était parti. Une lettre posée sur une table m'informait de sa décision de me quitter sans me donner ses raisons.

Elle m'avait dit avoir quitté son compagnon parce qu'il s'était obstiné à appeler ses enfants un soir de Noël alors qu'elle lui avait offert un réveillon en amoureux à Londres. Mon histoire aurait dû, me dit-elle, la dissuader de me céder mais elle était amoureuse.

Ma douceur avait vaincu sa prudence. Je compris aussi, quand elle fut dans mes bras, que la volupté est, pour elle, une fuite, une ivresse, un moteur nécessaire. Elle est comme ces plantes du désert qui se contractent en une boule sèche attendant la pluie pour s'épanouir.

Juin

Les inséparables ou le couple de l'année maçonnique

L'homme est ainsi, cher monsieur, il a deux faces : il ne peut aimer sans s'aimer
La Chute – Albert Camus

Nous sommes devenus le couple emblématique de l'obédience. Nous sommes seulement quelques centaines et nous connaissons tous. Elle ne marque pas sa cinquantaine et j'en parais moins me dit-on. Sportifs, amoureux, engagés tous deux dans nos activités maçonniques, nous sommes devenus inséparables comme les inséparables du Quai de la Mégisserie.

Septembre

Légion d'honneur

« Décoration de la Légion d'honneur : La blaguer mais la convoiter. Quand on l'obtient, toujours dire qu'on ne l'a pas demandée. »
Dictionnaire des idées reçues - Gustave Flaubert

J'ai été fait, hier, Chevalier de la Légion d'honneur.

J'avais reçu il y a quelques mois une lettre autographe (?) du Président de la République Nicolas Sarkozy m'annonçant qu'il me faisait Chevalier de la Légion d'honneur. Je garde précieusement la missive même si je sais bien qu'il ne sait pas qui je suis et que c'est par son cabinet que je l'ai obtenue sur son 'contingent' de décorations.

J'ai invité ma famille à assister à la cérémonie. Une

remise de Légion d'honneur, c'est comme un mariage ou un enterrement, l'occasion de rassembler des membres de la famille qui ne se sont pas vus depuis des années. Mon père arbore un pin's du Lions sur une veste de velours noir. Ma mère s'est mise sur son trente et un également.

Une trentaine d'invités, amis et officiels, sont réunis dans la salle Monet du ministère de l'économie numérique. La décoration doit m'être remise par le ministre Brice Sonne. J'ai fixé la date à un lundi soir après un week-end de garde qui m'a permis de garder Paul avec moi. Je lui ai acheté une veste en toile et agrafé une médaille au revers pour qu'il soit lui aussi à l'honneur. Il est tard ; à cinq ans il est fatigué d'avoir couru tout l'après midi. Je l'ai pris sur l'épaule car le ministre est, comme il est habituel, en retard. Paul s'endort sur mon épaule pendant que nous attendons le Ministre. Je suis comme Saint-Christophe portant l'enfant Jésus.

Le ministre arrive enfin. Il vient vers moi pour me serrer la main et me demande « Madame est là ? » la cherchant des yeux pour la saluer. J'ai invité Sophie pour la cérémonie, elle reste en retrait, seule au milieu des invités ; je n'envisage pas de lui faire prendre cette place à l'impromptu. Je réponds, goguenard : « Non, il n'y a pas de Madame, mais il y a mon fils… ». Il semble alors le découvrir blotti, endormi, sur mon épaule.

Le ministre est en rupture de bans de sa femme

agrégée, brillante, aimante qui n'a que le tort d'être ménopausée. Il la quitte pour une houri, de trente ans sa cadette, qui doit être sous contrat avec publicité pour LVMH tant elle arbore sacs et colifichets griffés. D'origine tunisienne, elle l'a séduit, j'imagine, par la danse des sept voiles. Avoir une femme jeune et belle est très 'in' depuis le remariage du Président Sarkozy avec Carla Bruni.

Paul se réveille alors et je peux le reposer à terre le temps que la cérémonie débute. Il se tient à mes côtés, sage, attentif aux paroles des officiels, face à la foule qui lui sourit. Sur le mur, derrière nous, un panneau porte la Déclaration des droits de l'homme.

C'est la première remise de décoration du Ministre, il hésite un peu sur le protocole. Non annoncé, le truculent ministre de la fonction publique Saint Radine fait une entrée remarquée au commencement de la cérémonie et vient rejoindre son collègue sur l'estrade.

Je tiens Paul par la main. Il écoute avec attention le ministre qui, thuriféraire obligé, fait l'étalage de mes mérites comme il sied. Saint Radine, connu pour son humour caustique, ne se retient pas d'ajouter quelques traits qui égayent la cérémonie, rompant la litanie de mes supposées vertus.

J'aperçois SM, un peu en retrait, seule, entre le bloc des invités officiels et celui de la famille. Son regard égaré me frappe. Elle semble chercher quelque chose ou quelqu'un, comme perdue dans cette assemblée. Ses yeux sont fixes, presque hagards. J'y vois une forme de folie qui me frappe. Cela me met mal à l'aise. J'ai le pressentiment d'une faille. Je lui ai présenté ma famille en arrivant. Elle est très belle dans son tailleur pantalon, veste noir, sa blonde chevelure ramenée en chignon mais a le même effroi dans le regard que celui de Tippy Hedren dans 'Les oiseaux' Hitchcock lors de l'attaque des volatiles.

Octobre

Famille recomposée, je vous aime

J'ai réussi à la convaincre de renoncer à son appartement, que de toute façon elle n'avait plus les moyens de payer, et elle est venue s'installer chez moi. J'ai pris cette décision après avoir consulté la pédopsychiatre qui m'avait été missionné par le Juge des Affaires Familiales en vue du jugement de séparation de la mère de Paul. Elle m'avait très sévèrement jugé. « Psychorigide, trop maître de soi, dominateur, ayant provoqué de graves blessures narcissiques à la mère… » écrivait-elle. J'avais jugé alors son rapport à charge car il me semblait que j'étais d'abord la victime ayant couvert de cadeaux mon ex et accepté de compartimenter pendant quatre ans ma vie pour qu'elle ne soit pas obligée de fréquenter mes filles. La pertinence pourtant de son analyse de mes défauts de caractère m'avait convaincu qu'elle était une bonne professionnelle. Elle me conseilla de recréer un foyer dans la mesure où cette relation pouvait être durable. Mes filles s'entendaient bien avec Sophie. Elle était si douce, si maternelle avec Paul qui aimait jouer avec elle. Je décidais donc de tenter, après bien des hésitations, de fonder un foyer recomposé.

Bercy, morne plaine

« La monotonie du bureau leur devenait odieuse. Continuellement le grattoir et la sandaraque, le même encrier, les mêmes plumes et les mêmes compagnons ! Les jugeant stupides, ils leur parlaient de moins en moins ; cela leur valut des taquineries. Ils arrivèrent tous les jours après l'heure, et ils reçurent des semonces. »
Bouvard et Pécuchet – Gustave Flaubert

Voici quelques semaines, le ministre Troisse m'a proposé de rejoindre son cabinet. Je me morfondais à la direction du Budget, ne réussissant pas à me passionner pour la guerre picrocholine où, chaque mot changé dans une nième circulaire contre l'avis d'un autre ministère cosignataire est louangé, comme une victoire, dans la guerre de tranchée menée avec les ministères dépensiers, où, un arbitrage obtenu du bureau du Premier ministre de haute lutte, est célébré comme un Austerlitz par les chefs de bureau de ma direction. Encore plus glorieux que la déroute d'une autre direction du ministère devant les moines soldats de Bercy, est le blocage des improvisations des petits marquis du Château. Chaque victoire est consignée dans la mémoire collective de la direction du Budget comme un nouveau Camerone des Saint Just de l'orthodoxie budgétaire. Les ministres eux même ne nous font pas plier et les portraits des ministres du budget, accrochés dans l'antichambre du ministre, semblent des massacres de chevreuil tant, pour la plupart, ils ont été humiliés par notre capacité de résistance aux initiatives politiques.

Classant mes dossiers et passant quelques consignes à mes collègues, je me souvins de mon arrivée à la direction du budget, dix ans plus tôt.

J'avais rejoint la direction du Budget, frais (é)moulu de l'ENA, grâce à un classement honorable. J'expliquerai le (é) de émoulu si j'ai le temps dans ce journal... disons seulement ici que l'Ena est une machine à moudre les élites pour les classer selon la blancheur de farine obtenue... Le directeur de l'époque, Michel Darpa m'avait convoqué, pour m'adouber, pensais-je, par une forte poignée de camarade. La secrétaire du directeur, imbue de la puissance réfléchie par l'astre administratif dont elle était la vestale, m'avait reçue avec une mine, ennuyée mais prudente, car on ne sait jamais si l'impétrant ne fera pas une belle carrière et tant le temps administratif est figé et sa retraite, à elle, lointaine. Elle me mit sous la garde d'un appariteur à chaîne d'argent, faisant fonction de Cerbère et d'aboyeur mais dont l'allure était celle d'un garçon de café bedonnant. Comme écrit, à peu prés, quelque part Maupassant, « comme les personnes toujours assises, tout son corps lui était remonté dans le ventre ». Le préposé surveillait avec fixité le feu bicolore, vert et rouge, à la droite de la porte capitonnée du bureau directorial. Je n'avais jamais été respectueux de ces apparats archaïques qui font le décorum des stages en préfectorale. Je me voulais différent de ces hauts fonctionnaires – ce qui suppose qu'il y a des bas fonctionnaires !? - qui se voient comme la noblesse de la fonction publique, mais j'avais décidé de ne pas irriter le personnage tout puissant que j'allais rencontrer par ma nonchalance et je me composais une figure de circonstance, comme quand on doit assister à un enterrement dont le défunt ne vous est rien.

Le sésame électrique verdit et j'entrai dans un bureau vaste comme une salle de bal, me tordant pour contourner la porte, matelassée pour préserver les secrets puissants administrés par le Directeur, qu'entrebâillait, avec componction, le bedeau appariteur, comme si j'allais à confesse. Debout, derrière son bureau empire, sous de grandes tapisseries sombres d'Aubusson, du mobilier national, représentant d'improbables scènes mythologiques, le directeur me toisait de sa haute taille, pendant que je cheminais à pas respectueux vers lui. Il me fallut bien une minute pour me présenter comme un bourgeois de Calais devant lui.

Il classait un interlocuteur au premier coup d'œil, et définitivement, m'avaient prévenu, en toute perfide camaraderie, mes nouveaux collègues. Le Directeur était, comme il se doit, un Inspecteur des finances, ce que je ne suis pas. Les Inspecteurs des finances, sont, aux administrateurs civils, ce qu'était la noblesse d'épée à la noblesse de robe, ou les évêques au bas clergé dans l'ancien régime, régnant dans un empyrée sur les nobles de robe et les administrateurs civils - et la roture des fonctionnaires de catégorie A et la valetaille des catégories B et C. Les longues années d'intrigue qui lui avaient permis d'obtenir cette charge de grand commis de l'État, au cœur du pouvoir bureaucratique, mâtinait sa morgue avec ses collaborateurs par des allures de prélat lors de ses échanges avec le ministre. Il adopta le style glorieux, grand ancien, lors de cet 'entretien d'embauche'.

D'un ton olympien, il me dit après m'avoir fait asseoir : « Jeune homme, vous entrez dans la Direction la plus puissante du ministère le plus puissant de la cinquième puissance économique mondiale ; cela vous crée des droits mais surtout des obligations ! » Je résistais à la tentation de sourire de connivence à cette apostrophe qui me sembla une traduction du motto « With great power, there must also come great responsability !» mis par Stan Lee dans la bouche de Spiderman car il était plus probable que Darpa puisait plutôt ses citations chez Bossuet.

Cette apostrophe pompeuse me rappela la rencontre du Préfet Marcel Brelamt, maître de stage de l'Ena. A mon arrivée à Toulouse, j'avais été invité par le Secrétaire général qui m'avait accueilli courtoisement, à rencontrer le Préfet dans ses appartements privés à vingt heures précises. Son directeur de cabinet, ancien capitaine de la Légion étrangère n'était pas une lumière, ni un comique, même s'il s'appelait Lumen, on y reviendra si j'ai le temps... Le Préfet était plongé dans la lecture du Monde quand j'entrais. Il ne sembla pas noter ma présence. Après quelques minutes de station respectueuse, fixant mon lecteur qui ne bougeait même pas les pages, dans le silence assourdissant, marqué par le cartel rococo de la cheminée, je pris le parti de m'asseoir dans un fauteuil face au lecteur immobile. Ce mouvement réveilla le préfet comme un tour de clé relance un automate. Il se dressa, rejetant Le Monde d'un mouvement brusque sur la table basse, comme s'il lui brûlait les doigts. Je me levai par mimétisme. Il me saisit alors le revers du costume et gémit, d'une petite voix douloureusement crispée : « Et, si vous couchez avec ma femme, je vous casse la gueule ! ». douloureusement crispée : « Et, si vous couchez avec ma femme, je vous casse la gueule ! ». Puis il se rassit, repris calmement son journal et repris sa lecture comme un ciel d'azur après un coup de tonnerre estival. Je fis un demi tour, comme on avait tenté de me l'apprendre au régiment, et sortis du salon du Préfet, un peu interloqué, retenant difficilement mon envie d'éclater de rire.

Sa secrétaire particulière, devenue plus tard ma maîtresse, me dit que le Préfet avait appris quelques jours après le départ du précédent énarque stagiaire, son cocufiage par le précédent stagiaire. La Préfète, quand je la rencontrais quelques jours plus tard dans un de ces apéritifs républicains qui occupent nos édiles, me sembla bien mémère mais il est des Messaline de province qui paraissent des lacs de volcan.

Mon esprit divaguait dans ces souvenirs croquignolesques de préfectorale quand je pris conscience du mutisme du grand chef. La brièveté de l'entretien devait me faire sentir le poids immense du travail qui pesait sur les épaules de ce nouvel Atlas. Son silence était sa manière de donner congé, je le compris et bredouillais un remerciement pour son accueil, comprenant avoir été rangé dans la boite des erreurs de classement par son regard qui me traversaient comme des neutrons, sans violence, mais avec indifférence.

Les joies de la vie de cabinet

Les fonctionnaires sont les meilleurs maris : quand ils rentrent le soir à la maison, ils ne sont pas fatigués et ont déjà lu le journal
Georges Clémenceau

Ce lundi, je suis arrivé en retard de dix minutes à la réunion de cabinet, de fort mauvaise humeur, mais j'ai tourné le bouton 'bonne humeur' et fait un grand sourire à la secrétaire du ministre qui semblait paniquée par mon retard (elle vient d'arriver à Bercy et n'a pas encore le calme de vieux grognard des secrétaires blanchies sous le harnais).

Le ministre avait convoqué une réunion de cabinet restreinte, avancée à huit heures précises, me dit-elle avec reproche, en parlant très vite comme si cela allait rembobiner le temps. Le directeur de cabinet, le 'dircab' dans notre jargon, avait envoyé la veille, dimanche, à dix heures du soir, un sms aux conseillers, réitéré par un mail à six heures, ce lundi matin, du chef de cabinet, pour les convoquer. J'étais trop migraineux pour lire mes messages hier soir mais cela je ne pouvais le lui dire et un mail à six heures du matin c'est se foutre du monde. Au diable, les mails et sms matutinaux, pensais-je. Comme si les journées n'étaient pas suffisamment longues !

J'étais zen, confiant dans ma côte de popularité auprès du ministre. D'ailleurs le ministre est aussi en retard, constatais-je, en entrant dans la salle à manger du ministre où nous attendait un petit déjeuner de travail.

Le dircab que j'avais surnommé ' Le ministre a dit' s'assura d'un regard circulaire de pion que tous les conseillers convoqués étaient présents. Chacun avait pris sa place protocolaire autour du petit déjeuner servi dans la porcelaine à chiffre RF réservée au seul ministre. Ils étaient tous là, comme les apôtres pour la Cène, groupés autour de la table de la salle à manger du ministre, échangeant des messes basses, attendant pour rompre les croissants l'apparition du ministre, échangeant des messes basses, attendant pour rompre les croissants l'apparition du ministre. Ayant fait partie des équipes de campagne du Président lors des élections précédentes de 2005, j'ai le titre de Conseiller du ministre ce qui veut dire que je gère les dossiers dits réservés c'est-à-dire les dossiers où le politique l'emporte sur le technique, dossiers à traiter en relation directe avec le Château ou Matignon, ainsi que ceux qui concernent la circonscription du ministre. ' Le ministre a dit' me refile aussi tous ceux que le ministre appelle les 'casse gueule' comme dans son langage dru. Le dircab est un 'faux cul', mais il ne sait pas comment me coincer car il sait que le méprise. Un sourire me vint en pensant, en mécréant : « Je suis l'apôtre Jean, le préféré du Christ, celui penché sur la poitrine du Christ, pendant la Cène ».

Le ministre de l'industrie a démarré sa carrière comme champion de moto cross avant de séduire par son sourire de commis voyageur les mamies à caniche et chauffeurs de taxi gueulards de sa circonscription ensoleillée de la Riviera. Le microcosme politique se gausse de lui en disant qu'il était diplômé « de Sup Moto ». Le ministre sait le mépris dans lequel le tient l'élite politique parisienne, mais il s'en fiche car il a la confiance du Président qu'il a accompagné en grognard loyal dans sa traversées du désert, suite à une déroute aux européennes et quelques menues trahisons, qui a bien failli briser son ambition. Le Président est, comme lui, trop mâle dominant pour avoir confiance dans les énarques courtisans et dans tous ces élus, qui lui doivent leur écharpe, mais qui le lâcheront, dés qu'il n'aurait plus la baraka. La baraka, le don de Dieu, qui est cette force, cette certitude agissante qui fonde le leadership du Président aujourd'hui. Le Président a besoin de se reposer avec quelques intimes qu'il sait loyaux et prêts à sacrifier leurs propres ambitions pour assurer la sienne, nationale. Mon ministre fait partie de ce petit, très petit, cercle des conjurés de la première heure.

Ils ont du pas mal nocer ensemble aussi mais cela c'est une médisance de ma part.

La directrice de la communication, 'dircom' pour faire court dans le sabir des cabinets, Nathalie T., est, comme de coutume agitée, de tics à force d'écrire à toute vitesse des sms, des tweets et des courriels avec la terre entière, créant le buzz par l'emphase même de sa propre logorrhée numérique. Le buzz, tiens le mot est juste, pour la Reine des abeilles comme je la surnomme. Sa jupe trop courte découvre ses jambes parfaites. C'est ce qu'elle a de mieux car son giron est bien peu abondant à mon goût. Les autres conseillers la désignent comme 'Saunié-Seité' en souvenir de jambes autrefois célébrées par Giscard d'Estaing. Elle tente bien parfois de capter les regards du ministre par ses croisements/décroisements de bas mais, sortant probablement du lit de sa jeune maîtresse, une ambitieuse journaliste politique, son regard est indifférent, comme un lion apaisé qui vient de couvrir la lionne.

Tiens, je me demande quel surnom les autres conseillers ont bien pu me donner. L'abbé Dubois, peut-être, car ils me prêtent une vie dissipée et la gestion du deuxième bureau du ministre.

Le ministre est séparé de son épouse, avec laquelle il a gagné de haute lutte sa municipalité contre un candidat du FN porté par le vote pied noir. L'ex a conservé son poste de Maire adjoint car elle lui est indispensable pour surveiller le cheptel électoral local. Le ministre est notamment très fier de sa gestion informatisée des courriers de ses électeurs, en particulier les 'veuves à caniche', comme il les nomme. Tout le courrier est classé par mot clé permettant des statistiques sur les attentes de ces « électeurs emmerdants » comme les appelle le ministre « mais qui votent eux ! ». La secrétaire particulière du ministre à la mairie classe ainsi tous les courriers selon une thématique à la Prévert, qui n'était pas sans poésie voire humour, car les mots clés sont, par exemple, pigeons, crottes de chiens, jeunes, arabes (à bien classer différemment de harkis), SDF, vol à l'arraché,... Cela peut sembler trivial mais c'est diablement efficace à en juger par les scores du ministre député-maire-président du conseil général et j'en oublie ! Je gère les interventions les plus sensibles en particulier celles appelant une faveur du ministre au titre de ses fonctions nationales : subventions, passes droit, décorations,...

L'ex du ministre, tiens c'est une idée, donnons lui un surnom. Je lui cherche un surnom. Lady Macbeth serait pas mal car elle a convaincu son mari d'assassiner électoralement un vieux baron du gaullisme, son parrain en politique, en lui piquant la présidence du département en profitant d'un petit AVC opportun mais Lady Macbeth c'est trop littéraire pour une analphabète. Il se débarrassa ensuite du député local en le faisant nommer au Conseil économique et social. Madame Sans Gene serait pas mal non plus car elle a les délicatesses d'une poissarde. Maire, député, Président du Conseil général, mon ministre est, ô surprise, contre toute limitation du cumul des mandats.

Le ministre arrive enfin, comme de coutume, brusque, pressé, mais rasé de prés et empestant une eau de toilette poivrée de VRP. Décidément, il a un côté maquereau qui fait tâche. Je suis caustique ce matin. Saunié-Seité devrait l'habiller et lui apprendre à prendre des parfums de notables, en un mot, lui faire renoncer à ce look de souteneur. « Encore une panne d'oreiller, Charles ! » me lança-t-il, avec un clin d'œil égrillard pour montrer que, sachant mon léger retard, il était omniscient, comme il convient à un ministre. Je réponds par un sourire soumis à sa tape sur l'épaule. « Il faut dormir ou alors vous avez trop honoré madame ! », claironne-t-il, pour ceux qui n'auraient pas compris son trait d'humour matutinal, sans doute.

Le dircab pouffe hypocritement sur son croissant à la saillie ministérielle. C'est lui qui devrait mettre dans son lit une petite attachée de communication ou assistante parlementaire, cela le rendrait moins bilieux.

Le chef de cabinet ouvre la réunion en présentant l'agenda du ministre pour la semaine. Le chef-de-cab gère l'agenda du ministre. En fait, il fait du secrétariat de direction mais, sous- préfet, c'est son trip. Tiens, lui je ne lui ai jamais donné de petit nom à celui-ci... Ca y est, j'ai trouvé, je vais l'appeler 'l'eunuque du sérail' car manifestement il désire Saunié Seité, mais en secret, craignant que le ministre, mâle dominant, prenne ombrage s'il lui contait fleurette.

Pendant le pensum du chefdecab, je me demande ce qui explique l'humeur guillerette du ministre. Une douceur de sa voluptueuse maîtresse n'explique pas ce sourire vainqueur. Il a du parler au patron (le Président), ce qui expliquerait son retard. Ces deux là, le Président et sa maîtresse, le rendent tout aussi énamouré, ai-je observé. Et comme ils mêlent

43

échanges politiques et paillardises de salles de garde, cela expliquerait sa blague à mon égard.

J'attends donc de savoir qu'elle était le dernier coup imaginé par le Château.

Le Président est en campagne permanente pratiquant le 'carpet bombing' action/réaction, balançant une idée nouvelle chaque jour pour donner le tournis aux média qui n'avaient pas fini de commenter la dernière transgression du candidat président qu'il leur lançait un autre leurre comme ces nuages de particules métalliques qu'abandonnent dans leur sillages les avions de chasse pour tromper les missiles . Les média et la classe politique courent derrière une campagne en trompe l'œil où la ligne d'horizon politique se déplace en permanence, ôtant toute consistance au discours ; l'agitation l'emporte sur le débat. On prétend faire du Gramsci en engageant un débat d'idées mais on fait de la 'comm'. La Cellule riposte alimente le candidat en idées farfelues et nous on fait le SAV le temps que les français aient éteint leur poste de télé.

« Messieurs », le ministre toujours macho ne prenait pas la politesse d'ajouter madame pour sa dircom qui s'arrêta dans l'exécution de son ultime sms comme une pianiste concertiste exécutant du Litz dont le couvercle de piano se serait refermé d'un coup sur ses doigts. Suspendant son concert digital téléphonique, elle se figea comme le chien devant le tourne disque. Tiens, c'est une idée, je vais l'appeler 'la voix du ministre' comme Nipper, le Jack Russel Terrier, le chien emblème publicitaire de Marconi.

« Je vous informe, de manière confidentielle... ». Le ministre marqua un silence comme si nous étions des Bac-5. « ... de la nomination dans le journée de JLB au poste de PDG de Veolia ». Le ministre jouit un instant de son effet, regardant ceux des membres de son cabinet qui laissaient transparaître la surprise. Son regard s'arrêta sur moi sachant qu'il ne lirait rien dans mon expression de joueur de poker mais que je poserai la première question.

Je lui demande à quelle heure aura lieu le conseil d'administration procédant à la nomination du nouveau PDG et si tous les administrateurs, j'ai failli dire les putschistes, étaient déjà informés de leur consigne de vote. Interroger la pertinence de cette initiative n'avait pas de sens puisque une telle initiative ne pouvait venir que du Château. On nommait à un poste de
PDG d'une société du CAC 40, un ancien ministre d'Etat, JLB, qui se rêvait un destin présidentiel, ou plutôt faisait le chantage classique « Retenez moi ou je fais un malheur ! », pour s'en débarrasser dans un placard doré, en dézinguant au passage, victime collatérale, un PDG qui n'avait pas démérité. Sa seule faute était de se livrer à un exercice d'inventaire de la gestion de son prédécesseur qui l'avait pourtant fait Roi (PDG) mais qui depuis promu à la tête d'EDF par la volonté du Prince (le Président de la République) s'outrageait de cet inventaire qui

révélait la chirurgie esthétique de sa gestion. Il l'avait nommé, pensant nommer inventaire qui révélait la chirurgie esthétique de sa gestion. Il l'avait nommé, pensant nommer une solive, roi des grenouilles, à qui il avait donné en viager son entreprise, certain de la fidélité de celui qui avait été jusqu'alors un exécutant effacé et se sentait trahi.

« Il n'a pas de couilles » m'affirmait pourtant, il y a encore quelques mois l'ancien PDG maintenant fort surpris et décidé à briser les velléités d'émancipation de son ex affidé, venu me sonder sur les moyens de se débarrasser de l'inconscient. On casait un copain politique trop ambitieux en saquant un PDG compétent pour complaire un autre PDG politique, rien que de très banal. La nomination de l'ancien ministre d'Etat, l'espace de quelques « 20 h » candidat à la Présidentielle, assurait le soutien du parti radical valoisien et le ralliement de ses quelques pourcentages mais précieux pourcentages d'électeurs, tout en tirant le tapis sous les pieds de Bayrou, autre potentiel candidat centriste encore en lice qui ne pourrait allier son micro parti au centre valoisien. Du billard à deux bandes, donc, effet kiss cool de se débarrasser de deux rivaux potentiels, bravo l'artiste !

« Il va falloir la jouer fine » annonça d'une voix basse le ministre qui adorait jouer son Mazarin. « Tout repose sur la confidence car la moindre fuite médiatique peut faire capoter le truc » insiste-t-il, en s'adressant à mademoiselle belles gambettes. « Si je vous informe, c'est parce qu'il faut que l'on prépare des éléments de langage pour démontrer que JLB a le profil du job et que ce n'est pas une nomination politique ». « Sans char ! » pensais-je in petto. « Dés sa nomination, c'est-à-dire en fin de journée, Veolia fera un communiqué de communication mais il faut qu'on contrôle les termes de ce communiqué. On n'intervient pas en premier rideau dans la communication car on est censé de ne rien avoir organisé, mais il va falloir passer le matériel à JLB car on ne peut pas se fier à la collaboration de la direction de la communication actuelle de la boite, il est en train de constituer la nouvelle équipe ». La dir comm prit en notes sur son i Pad la commande tandis que le chef de cab rédigeait le compte- rendu de la réunion en temps réel.

Le chef de cab a un talent qu'il faut lui reconnaître, celui de reformuler les formules peu châtiées du ministre en formules aseptisées dans le pidgin des Bleus ministériels. « Charles vous me faites passer pour neuf heures trente les éléments de langage avec Nathalie. On se revoit chez le ministre à dix heures pour la validation finale et on envoie pour dix heures trente au plus tard au Château ».

La réunion de cabinet s'acheva à 8 :50 et je dus me mettre aussitôt au travail avec la Nathalie.

Je lui lance pour la mettre en jambes « Ce n'est pas de la tarte. D'ici que la presse dise que c'est un

coup des Franc-Maçons, il n'y a qu'un pas... »
évoquant la supposée appartenance de JLB à la
Franc Maçonnerie. La dircom, ignorant ces arcanes
occultes, ne releva pas le point.

« Bon ! Il est député, ancien ministre, avocat
d'affaires, mais il n'a jamais dirigé d'entreprise et
Veolia c'est une boite de 30 000 salariés ; comment
en faire en une heure un capitaine d'industrie ? »
reformula-t-elle sobrement le challenge.

Après une vingtaine de minutes de remue
méninges, nous tombèrent d'accord sur un
argumentaire en 3 points : 1/ JLB en tant qu'ancien
maire d'une grande ville avait une expérience
concrète des problématiques de gestion d'eau, de
voirie, de transports,... donc il connaissait déjà le
métier de Veolia 2/ JLB avait une pratique
approfondi des affaires ayant dirigé un des plus gros
cabinets d'affaires de la place 3/ JLB en tant
qu'ancien ministre d'Etat et ancien ministre de
l'environnement apporterait une vision stratégique à
l'entreprise.

Nous ajoutâmes un codicille sur l'absence de conflit
d'intérêt, au cas où des journalistes auraient
l'outrecuidance d'interroger une nomination aussi
légitime, arguant que le ministre n'avait pas eu à
traiter, dans le cadre de ses fonctions ministérielles,
en direct des dossiers de Veolia. Cela ne tromperait
personne...

Le ministre et le dircab validèrent les éléments de langage que le chef de cabinet transmit au Secrétariat général de l'Elysée qui en accusa réception sans plus de commentaires. Le Palais faisait son affaire de la communication vers le futur PDG mais le ministre me demanda de m'assurer de la boucle avec l'attaché parlementaire du député.

Il n'y avait plus qu'à attendre le fil de l'AFP à l'issue de la réunion du conseil d'administration de Veolia convoqué à 17 :00. J'ai déjeuné comme d'habitude très tard à 14 :30 à la cantine du cabinet situé dans l'Hôtel des ministres, les tempes migraineuses d'hypoglycémie.

J'envoie un sms à Sophie avec mon cinquième café de la journée : « Je te demande pardon pour hier soir. J'ai beaucoup de pression en ce moment au bureau. Je crains de rentrer tard ce soir. Va au yoga. Ne m'attends pas pour dîner. Je te refais un sms pour te dire vers quelle heure je rentre. Tendresses. »

Une série d'audiences de visiteurs était programmé de 15 :00 jusqu'à 19 :00. Je consulte mon smart phone en écoutant mes interlocuteurs d'un air poli. Ils ne s'en offusquent pas car c'est habituel et admis qu'un Conseiller doive gérer les affaires de l'Etat en les recevant. Nous autres membres de cabinets ministériels, on est comme Napoléon, on a deux cerveaux !

Tout était sous contrôle jusqu'à 16:00 où une brève sortit sur le site du Monde.fr déclarant qu'une rumeur faisait état d'un possible remplacement de l'actuel PDG de Veolia par JLB. La brève faisait état d'une information confidentielle révélée par un administrateur qu'on avait voulu circonvenir mais qui, refusant de porter sa voix pour voter la motion de dés investiture du PDG actuel et son remplacement par JLB, avait lâché l'information au journaliste, manifestement pour planter le projet. En quelques minutes, le scoop fut cloné sur la blogosphère et repris par les autres sites de média en ligne. Faute de démenti, et qui aurait bien pu démentir, l'information, de non confirmée, devint avérée en quelques dizaines de minutes. Le phare se focalisa sur le siège de la Présidence compte tenu de la proximité du futur PDG avec le Président de la République. L'équipe du PDG actuel, aux abois le matin, repris espoir et fit monter la mayonnaise sur le thème 'une nomination politique sanctionnant un PDG redressant son entreprise'.

Découvrant l'incendie qui démarrait sur le net, je gardais ma sérénité face à mon interlocuteur qui m'entretenait d'une demande d'appui du ministre contre un concurrent chinois qui lui taillait des croupières, lui sourit et abrégeais l'entretien en m'excusant d'une urgence. Je dis à mon assistante d'annuler les autres rendez-vous et je rejoignis dans son bureau le directeur de cabinet. Le ministre était en goguette en train de faire une discours dans un colloque quelconque et, ayant coupé son portable pendant sa prise de parole, était injoignable. La dircom faisait la claque auprès de lui et était aussi hors réseau. Il fallait agir sans eux.

Le dircab appela le Secrétaire général adjoint de La Présidence pour qu'on s'aligne. Ce dernier lui donna la consigne, sans surprise, de nier toute interférence du gouvernement dans cette affaire en affirmant qu'elle relevait de la gouvernance normale des entreprises privées. Il fallait absolument dédouaner le Président en affirmant ne rien connaître de ce dossier et réfuter toute idée de complot. Comme dans les westerns, on faisait cercle des caravanes pour se protéger des flèches des indiens journalistes.

JLB, candidat évincé, était particulièrement à la ramasse sur ce coup de grisou. Les journaleux ne le lâchaient pas. Le cabinet du Président, nous laissèrent lâchement nettoyer le plancher sentant l'affaire perdue ; ils nous firent même jouer les fusibles, pour protéger le Président, en se défaussant sur nous des appels à l'aide du candidat dupé et furieux. Il fallut lui passer par sms les éléments de langage pour habiller son déculottage public. Nous lui fîmes en temps réel un sms avec le dircab. « Les emmerdes ça vole en escadrille, comme disait Chirac » fut mon seul commentaire. Le dircab opina; nous étions solidaires dans la tempête.

Il fallut ensuite gérer la vague des journaux radio de sept heures, puis celle des journaux télévisés de vingt heures. La consigne était de répondre au journaliste dans une parfaite langue de bois. Les appels et des sms des journalistes montaient comme une vague de houle du large, mais je savais qu'elle retomberait à basse mer en fin de soirée. Je ne répondais qu'aux appels du patron qui paniquait un peu dans sa voiture et que j'entendais mal, car son chauffeur conduisait en faisant sonner le klaxon à deux tons pour aller plus vite.

Personne n'était dupe chez les journalistes mais l'absence de commentaires finit par épuiser le sujet et une fois le vingt heures passés on savait que les journaux télévisés en continu du câble allaient aussi se fatiguer de commenter à vide. La cabale enfla jusqu'aux journaux de minuit mais la revue de presse des quotidiens du lendemain matin montra déjà une légère décrue. Le ministre Saint Radine m'avait enseigné cette vérité : « Les media sont comme le faisceau du phare ; quand il est braqué sur vous, vous êtes piégés tel un lapin dans les phares d'une voiture ; surtout, ne paniquez pas, ne bougez pas, le phare finira par se déplacer ».

La Présidence prit le parti d'anticiper le lancement d'une proposition de taxer les exilés fiscaux, prenant le contre-pied l'accusation de l'opposition socialiste d'interférence du politique avec les intérêts du Cac 40 révélée par cette tentative de nomination politique et assurer l'accroche des journaux radio du matin. On lâchait de la viande aux requins journalistes.

Le Président de la République dormait avec sa Diane de Poitiers, le PDG évincé, puis ressuscité, devait sabler le champagne avec son équipe pour la féliciter de sa communication de crise, l'ex futur PDG se sentait le dindon de ce mauvais vaudeville, mon ministre estimait qu' « on avait eu chaud aux fesses mais sauvé nos couilles », les femmes de ménages erraient, ombres discrètes, dans les bureaux, je pouvais aller me coucher. Seul le douanier de service répondit à mon salut quand je quittai Bercy.

Je rentrai chez moi à une heure du matin. Sophie dormait ; cela me soulagea de ne pas devoir parler encore et encore ce soir là.

L'art d'avoir toujours raison

« Stratagème 8 : Mettre l'adversaire en colère, car dans sa fureur il est hors d'état de porter un jugement correct et de percevoir son intérêt. On le met en colère en étant ouvertement injuste envers lui, en le provoquant et, d'une façon générale, en faisant preuve d'impudence. »
Schopenhauer – L'art d'avoir toujours raison

Relisant « L'art d'avoir toujours raison » de Schopenhauer, hier soir, comme une provocation, je déclarai à Sophie qu'en effet nous étions tous deux dans un exercice permanent d'éristique et que ses capacités dialectiques d'avocate s'escrimant avec les miennes d'énarques, nos escarmouches nous laissaient blessés, mais jamais tués, car chacun était persuadé avoir gagné la joute verbale, alors que nous avions, tous les deux, perdus, et donc que Schopenhauer était un fumiste misogyne.

Petits matins blêmes

« Il suffit de palabrer à propos des formes apparemment les plus simples des relations humaines pour faire naître des problèmes de plus en plus insolubles. Le meilleur moment pour ce genre de conversation 'à cœur ouvert' est la fin de soirée. Vers trois heures du matin, le sujet aura été retourné en tous sens et à ce point déformé par les antagonistes, parvenus au bout de leur patience et de leur résistance, qu'on peut pratiquement leur garantir une nuit sans sommeil»
Paul Watzlawick - Faites vous-même votre malheur

Ce matin je me suis réveillée groggy du somnifère pris la veille où plutôt aujourd'hui à deux heures du matin. Je me suis levé comme un zombi. Sophie faisait semblant de dormir. Je sais qu'elle se lève dès que j'ai claqué la porte mais ce matin j'avais autre chose à faire que de la débusquer.

J'ai pris la ligne 14 pour rejoindre Bercy en lisant les journaux du matin sans comprendre un traître mot de ce que je lisais.

Hier soir, nous avons visionné L'incompris de Comencini, chacun dans son espace du lit 'conjugal', séparé par le mur de Berlin de notre silence. Mon lit 'king size', acheté après le départ de la mère de Paul, quand je dus me remeubler, autoriserait des partouzes à cinq ou six ou, comparaison plus élégante, permettrait de faire dormir les petites filles de l'ogre dans le sens de la largeur. J'aime les grands lits, surtout quand j'y suis seul et parce qu'à deux, cela évite que ma mie ne se colle à moi.

J'avais tenté de lui prendre la main pendant le film mais elle avait demandé d'une voie lasse de la « laisser en paix » et nous avons regardé le drame somptueux sans un mot, tristement, à l'unisson des tourments d'Andrea, le fils mal aimé.

Le film achevé, elle s'était recroquevillé 'en chien de fusil' dans son coin, me tournant le dos.

Je lui ai demandé ce qui justifiait cette soupe à la grimace ; nous avons polémiqué, plaidé, échangé des arguties, ratiociné, dialectiqué, rivalisé de mauvaise foi jusqu'à l'épuisement. A deux heures du matin, boxeurs épuisés, nous avons décidé de tomber les gants. Elle s'était endormie rapidement tandis que je me ressassais en boucle les paroles de fiel que nous avions échangées. Lunes de fiel de Polanski, encore un film que nous pourrions regarder pour rester dans le ton, pensais-je avec amertume.

Je repars pour une journée de la gaieté de la vie de cabinet.

Il faut sauver le soldat Nykalba

« Il n'y a pas de problèmes auxquels l'absence de réponse n'apporte de solution ».
Henri Queille

Hier, appel téléphonique du Château, à vingt deux heures : « Il faut sauver le soldat Nykalba !, ordre du Président » m'intime, d'un ton gourmé, Louis de Monceau, le conseiller du Président, détournant le titre d'un film pour me montrer que lui aussi est cinéphile.

Nykalba et sa femme sont les amis intimes du Président depuis trente ans. Comme le Président ce sont des français de deuxième génération, celle de l'intégration d'avant-guerre. Ils se sont faits une place au soleil par la seule la force de leur bagout et de leur besoin de reconnaissance, de revanche, devrais-je dire, contre les héritiers de Neuilly-Passy dont ils ont subi le dédain durant leurs années de collège. Trop rastaquouères avec leurs noms de Mitteleuropa, trop extravertis, trop mal élevés, trop gourmands de la vie, du pouvoir et de l'argent pour Louis de Monceau héritier d'une dynastie d'ambassadeurs de France.

Nykalba est député maire de Valloisel, sa femme première adjointe. Ce sont les Thénardiers de Valloisel comme les Tiberis l'étaient de Paris. Ils ont amassé de manière douteuse une fortune dont la pointe immergée est constituée d'un moulin à Giverny, d'un immense riad à Marrakech et d'une vaste résidence à Saint-Martin.

Une série de sociétés écrans et de prête-noms abrite leur fortune, ils évitent de payer l'impôt sur la fortune, monsieur se déclarant domicilié sa permanence politique et pourquoi pas dormir sur un canapé et non pas dans son lit à baldaquin !
Le Canard enchaîné, informé par une taupe, va publier dans l'édition de ce mercredi un article démontant ces artifices fiscaux et les trafics d'influence de son beau fils, m'indique Louis d'où le tocsin. C'est un ancien porteur de valises de l'équipe de campagne de Nykalba qui a balancé. Condamné par contumace, il est revenu en France purger sa peine et se refaire une virginité en dénonçant les mafias dont il a été un homme de main. Le Président veut protéger son ami de trente ans sans être éclaboussé.

J'ai eu le déplaisir de rencontrer le mois dernier,

Alexandre Zemour, beau fils Nykalba. Il a épousé la seconde fille de Nykalba, Vanessa Le mariage a fait la une des journaux people. Gaston Cernio a chanté pour le couple, Laï/Laï/Laï... Les caracos de soie tapageurs et les perlouses des mères, les poitrines stéroïdées des bimbos, le fric étalé aux yeux des administrés par leur édile corrompu, pourront inspirer une suite au scénariste de la Vérité si je mens. Deux cents VIP ont été invités à suivre les mariés à Venise, tous frais payés ! Ce gandin de beau fils fait commerce des relations de son beau-père, comme consultant pour les groupes français fils fait commerce des relations de son beau-père, comme consultant pour les groupes français voulant se développer en Inde, à travers une officine intitulée Chambre de commerce internationale. Il est venu pour me demander d'intervenir auprès de notre ambassadeur en Inde en faveur du groupe TBP pour un contrat avec l'assurance cynique d'un marchand d'armes.

Je mets en alerte le cabinet du Quai d'Orsay. Je dois subir au téléphone les 'Commmment !? EncÔoore !!' de mon 'bon' camarade Gontran de la Motte-Picquet, chargé des affaires réservées au Quai. Ses cris d'effraies, son ire surjouée de devoir mêler la 'grande machinerie diplomatique' à ces magouillages de bas étage, sont parfaitement hypocrites et ne dissimulent pas la vexation de Gontran que Louis ne l'ai pas appelé directement et soit passé par moi.

M'ayant bien fait comprendre le prix de son intervention et rendu ainsi redevable, il prit la commande et passa aux médisances. Chaque diplomate joue volontiers au mémorialiste, quand ce n'est pas à l'écrivain, aimant raconter les ridicules de ses collègues sachant qu'il est payé en retour de leurs sarcasmes.

Son ministre, « un homme d'Etat, lui... essaie de remettre à flots le ministère qui était comme un bateau ivre au sortir de la gestion de son prédécesseur ». Il débine le précédent ministre qui « a porté des sacs de riz dans sa flamboyante jeunesse humaniste, ensuite porté sa croix de relaps au socialisme en faisant tapisserie dans les G8, mangeant les couleuvres du sherpa du Président qui ne le consultait que pour la forme ». J'écoutais en mode OFF ses bavardages tout en tapant un sms au bel Alexandre pour lui dire que l'intervention se ferait, comme convenu, auprès de notre représentant à Dehli mais qu'il fallait qu'il joue profil bas pendant quelques semaines.

Une pause dans les babillages mêlés de rires secs de Gontran me fit réaliser qu'il attendait une relance de ma part, mais sur quoi ? « Tromize, tu t'en souviens ? » me demanda-t-il ? Tromize ? Oui, je me souvenais de SE l'ambassadeur Tromize qui était en poste à Bagdad pendant mon stage de l'Ena. C'était juste avant la guerre Irak-Iran de 1980. Tromize ne digérait pas cet exil dans l'ancienne Sumer, s'estimant oublié injustement oublié. Il ne lisait dans le flot de dépêches du Quai que celles portant nomination au sein du corps des ambassadeurs, comme autant de nécrologies de son exil. Découvrant la prise de fonction à Rome ou Berlin, d'un rival, il s'écriait d'une voix noble de tragédien « Corneculs ! ». C'était son apostrophe favorite pour désigner les intrigants et la camarilla autour du ministre. La situation en Irak lui était incompréhensible. Il ne parlait pas arabe et avait abandonné à son Premier conseiller le suivi de l'actualité régionale. Le Premier conseiller Philippe Reca écrivait des poèmes dans le style copiant Heredia, à défaut de réussir à faire du sous Saint-John-Perse, au dos des dépêches diplomatiques. Les dépêches descendaient ensuite chez le Premier secrétaire avec qui je prenais le café et nous nous ébaudissions des scansions pompeuses du versificateur diplomate. Reca évaluait la situation économique du pays à la pousse des champs qu'il parcourait dans de rares escapades sur les quelques routes autorisées aux diplomates.

Le Premier secrétaire, diplômé de Langues orientales, parlait parfaitement l'arabe dialectal irakien. Il soumettait régulièrement au Premier conseiller des projets de dépêches à destination du Quai sur la situation dangereuse créée par les cassettes d'appel à la guerre sainte contre le Shah enregistrées par l'imam Khomeiny réfugié à Karbala, ville sainte du Shiisme après son expulsion de France. Passées en contrebande en Iran, ces cassettes d'appel au Djihad étaient le levain de la chute de la dictature du Shah mais cela restait incompréhensible à notre Metternich. « Je ne comprends rien à vos histoires de shiites et de sunnites ! » écartait l'ambassadeur les projets de dépêches lors des réunions hebdomadaires, d'un geste mou de la main, semblant chasser une mouche insolente, dérangé dans ses jeux d'ambition. Oui, je me souvenais de Tromize. Mais j'ai du travail, j'interromps la bignole du Quai et raccroche insolemment.

Je rédige en urgence les éléments de langage à usage du ministre que je lui envoie par mail sur son téléphone en copiant le dircab et la dircom. La Présidence ne répondra pas aux questions des journalistes mais le ministre du budget, chef des services fiscaux, risque d'être questionné par les journalistes lors du point de presse cet après midi, juste après le conseil des ministres, sur la situation fiscale de Nykalba. Pour ce qui est des affaires de son beau fils, on ne commente pas des rumeurs journalistiques ou comment ne rien dire avec le plus d'aplomb possible, exercice auquel l'Ena nous a formé. Je ferai répondre par le ministre qu'il se surprend qu'un journal satirique (sans le citer, cela lui ferait du tirage) ait repris sans prudence les affirmations d'un ancien repris de justice (sans préciser qu'il l'a été condamné par contumace pour délit d'ingérence sur des marchés notamment de la mairie de Valloisel).

Incubes et succubes

« Le temps ment comme ton mariage – dit-elle, - comme l'amour qui meurt et qui dit « c'en est fait pour jamais ! » parce qu'il meurt »
Une vieille maîtresse – Jules Barbey d'Aurevilly

Hier soir, au détour d'une discussion où, une fois de plus Sophie, me reprochait ma froideur en dehors des moments de coït, je lui dis en mode de blague et pour esquiver l'interpellation que j'étais un incube.

Je lui expliquai que les incubes étaient des démons maléfiques qui prennent une forme animale (d'un cheval notamment) pour s'accoupler à une femme endormie et lui montrai sur Internet le fameux tableau Le Cauchemar de Füssli.

Cette forme de possession l'intrigua et l'amusa assez. Après quelques instants de réflexion, elle me dit que j'étais en effet un incube. Je lui répondis qu'elle était peut-être un succube ce qui l'amusa moins.

J'avais été grand lecteur de cette littérature pleine de romantisme gothique, de bric-à-brac moyenâgeux, de style lourd et contourné comme des chimères. A Rebours de Huysmans, Les Diaboliques de Jules Barbey d'Aurevilly, le Horla de Maupassant m'avaient fasciné adolescent.

Ce souvenir de lecture me fit relire en cachette Une vieille maîtresse de Jules Barbey d'Aurevilly ; en cachette car cette lecture pourrait heurter Sophie par son seul titre alors qu'il décrit l'enfermement sexuel d'un homme. Mais au fait, c'est bien cet enfermement qui nous retenait quand la tension entre nous devenait extrême. L'ardeur de nos deux corps nous faisait oublier les dilemmes de nos âmes qui se sentaient étrangères.

Je découvre que Balzac a écrit deux textes intitulés l'incube et le succube dans les contes drolatiques. L'écriture du Succube lui causa six mois de tourment écrit-il à madame Hanska.

Le succube comme symbole de la frustration du désir féminin et l'Incube comme celle de la domination masculine. Voilà bien notre relation, j'allais écrire maléfique, par un effet de style, disons de manière moderne, de notre relation malsaine, paranoïaque (?).

27 Août

Vienne au crépuscule

« Il m'était impossible d'aimer, car, je le répète, aimer, chez moi, voulait dire tyranniser et dominer moralement… Toute délivrance consiste pour la

femme dans l'amour et ne peut se manifester que par l'amour... Rousseau nous a certainement trompé dans ses Confessions, et même délibérément, par vanité... Je comprends très bien que l'on puisse se charger de crimes abominables rien que par vanité. »
Fédor Dostoïevski – Le sous-sol

Relisant Vienne au crépuscule de Schnitzler, je suis frappé de ma ressemblance psychologique avec le personnage de Georg qui se complaît dans un donjuanisme velléitaire « Ce sentiment de culpabilité ne concerne pas l'enfant, votre malaise provient simplement de l'obligation que vous croyez avoir de vous sentir coupable. La question est de savoir jusqu'où nous plongeons des regards en nous-mêmes. Et quand à tous les étages les lumières sont allumées, nous sommes en même temps coupables et innocents, des lâches et des héros, des fous et des sages... » écrit Schnitzler.

Je prends un plaisir vicieux à me convaincre en permanence que je pourrai très bien survivre à un départ de Sophie tout en faisant de mon mieux pour la convaincre de rester, mais ce mieux n'emporte pas les mots d'engagement et d'amour sincère identiques à ceux qu'Anna attend en vain d'entendre de la bouche de Georg, qui la séduite, pour l'abandonner bientôt, le deuil de son enfant mort né même pas achevé « il adressa son salut aux lendemains mystérieux qui par le vaste monde accueilleraient de leur fanfare sa jeunesse ».

2009

Janvier
AVC

Retour d'un weekend de garde de Paul, j'ai passé, malgré ma fatigue du voyage, la nuit chez Sophie. Nous avons fait l'amour sans grande énergie. Je me suis réveillé dans la nuit, vers quatre heures du matin, la mâchoire bloquée, incapable de parler, dans le lit de Sophie. Malgré l'évidence des signes cliniques d'un AVC, ayant retrouvé un bafouillement vers 5 :00, j'ai décidé, de ne pas aller aux urgences à la grande inquiétude de Sophie mais d'aller chez moi me changer et puis rejoindre mon bureau pour une réunion à neuf heures et d'appeler mon cardiologue de ville. Impossible de le joindre. Mes collaborateurs ouvraient des grands yeux devant mes borborygmes incompréhensibles. J'ai écourté la réunion et me suis replonger dans internet pour me convaincre que j'avais eu une ischémie transitoire. Mon médecin me rappelle finalement à onze heures et m'enjoint de me rendre séance tenante à la clinique où je devais être après les vacances de février opéré de mon flutter. Prise en charge immédiate et opération en urgence de mon flutter suite à AVC dés le lendemain. Je file en loucedé de la clinique le soir pour retourner chez moi chercher quelques livres, tout flambart d'avoir fait le mur. Je n'informe que mon frère de

l'opération pour ne pas alerter maman.
Opération réussie. Un mois de convalescence.
La vie reprend

2011

Avril

Les estampes japonaises de Monet à Giverny

« Le plus monstrueux des hommes est celui qui a de nobles sentiments »
L'éternel mari - Dostoïevski

Ce printemps somptueux m'a donné des envies de campagne. Étudiant à Paris, la nature me manquait comme une femme ; quand je prenais le train des vacances, début juillet, pour retourner dans ma province, je me remplissais les yeux de champs de blé blondissant, d' alignements de maïs vert bouteille, des dunes sableuses de colza, des vallonnements de pêchers encore en fleurs. J'étais grisé, de manière orgiaque, de la vigueur de la campagne croissant et se reproduisant.

J'ai proposé à Sophie d'aller à Giverny, que je ne connais pas, pour aller voir le fameux jardin de Monet. Une cohorte de japonais pressés photographiait le jardin de manière maniaque et systématique comme s'ils voulaient en restituer ensuite une image en 3D, pour le reconstruire à l'identique au Yamato ? Le jardin est petit mais aménagé en détours et rehaussements pour créer l'illusion de l'espace, comme les fresques en trompe l'œil de Tiepolo. Il était trop tôt, dans la saison, pour les roses, mais le jardin formait un kaléidoscope du bleu des tulipes, du rose des pensées, du blanc des myosotis, du jaune des jonquilles... Les flamboyances des cerisiers et la candeur des pruniers s'enchâssaient dans le vert tendre des jeunes feuilles des saules pleureurs. Le pont, à demi caché par les glycines, tombantes sur la mare de nénuphars, m'apparut charmant et familier comme un souvenir enfoui tant on redécouvre les tableaux de Monet dans ce jardin préservé. Le salon-atelier du peintre, surchargé de reproduction de ses toiles, encombré d'affreux meubles en peluche d'un mauvais goût bourgeois fin de siècle, ressemble au décor d'une pièce de Labiche. J'ai surtout apprécié la collection d'estampes japonaises. Les visiteurs passent au pas de charge dans les pièces où sont exposés de superbes exemples de l'ukiyo-e, sans même les voir, pressés d'aller s'éblouir de leurs flashs devant les massifs de fleurs.

Sophie était heureuse de cette visite. Elle aime beaucoup les jardins et je lui dis qu'elle était « une fleur au milieu des fleurs ». Ce n'est pas très original mais comme c'était sincère, elle en fut fort émue.

Rentrés tard et amoureux de Giverny, nous nous disputâmes pour une vétille et la soirée fut gâchée.

« Hystérie, du mot grec hystera, signifiant l'utérus»

Le comportement erratique de Sophie me semble pathologique. L'alternance brusque de gaité, puis de tristesse, tout aussi excessives, sa sensualité désespérée, son penchant à s'infantiliser pour appeler ma protection, son irrésolution m'inquiètent. Je me remémore son regard vide et fol, lors de ma remise de Légion d'honneur. Je repense à ses fuites pour que je que la retienne. J'entends, sans compatir, le cri muet de sa douleur, quand je suis absent pour elle, tout entier dans le bonheur d'être avec Paul.

Comment lui reprocher cet aberrant amour, cette passion qui la consume alors que je reste maître de moi, ne lui abandonnant que mon corps dans des étreintes plus violentes que tendres, dans des embrasements de chair qui la laissent brisée, mais sereine, pour quelques heures seulement.

Malgré ma défiance du jargon des Diafoirus viennois, je fais une recherche Wikipedia sur l'hystérie.

« Hystérie, du mot grec hystera, signifiant l'utérus»
indique Wikipedia
On s'en serait douté ; chez Sophie, son tempérament incontrôlé trahit une frustration affective et sensuelle.

Pour Hippocrate, les crises hystériques ressemblent à l'épilepsie.
Sophie connaît en effet des crises nerveuses suivies de prostration.

Brûlées au Moyen-âge, ce n'est qu'en 1783 qu'on leur reconnaît le statut de malades.
La peur ancestrale de la sexualité libre de la femme…

Charcot recommande l'hypnose quand Babinski les réduit à des simulateurs, objets de leur sexualité inassouvie. Charcot devine la source psychosomatique de l'hystérie provoquée par un malaise physique et surtout par le souvenir de celui-ci poussant la malade à se réfugier dans l'univers affectif de l'enfance.
C'est exactement le trouble de Sophie !

L'hystérie est l'expression d'un conflit où le désir sexuel réprimé, frustré s'exalte, s'exacerbe en violence. Charcot décrit des dédoublements de personnalité de malades submergés par leurs désirs inconscients de sexualité, d'agression et de recherche affective infantile.
Je retrouve ce symptôme dans la harpie qui se jette sur moi pour me frapper quand elle est arrivée au bout de son mal être.
Ma conviction est faite, Sophie est hystérique. Charcot a fait un tableau clinique complet mais l'article Wikipedia poursuit sur les 'découvertes' de Freud.

Que dit le fumeur de cigares viennois ?

C'est un conflit dont l'origine est l'Œdipe.
Cela m'aurait étonné que Sigmund n'y voit pas la main du fils de Laïos et Jocaste!

L'hystérie est l'expression d'un refoulement.
Le contraire aurait surpris…

L'expression d'une angoisse de se déterminer homme ou femme.
!? (selon la notation aux échecs qui signifie coup incertain)

L'angoisse peut s'exprimer par l'hypocondrie.
Là, je suis d'accord, 'ça colle', Sophie est hypocondriaque et se plaint de violentes douleurs somatiques qui la conduisent chez son chiropracteur presque une fois par semaine.

« Conduite sexuelle de l'hystérique : Evitement, rare… Hyperactivité, fréquent. Hyperactivité sexuelle : souvent très insatisfaisante…Elle collectionne les hommes impuissants, ou les violents. On note rarement d'homosexualité. La femme hystérique entre en rivalité avec les autres femmes, et son comportement est alors ambigu. C'est à travers les autres femmes que l'homme prend de l'intérêt pour elle. Elle n'a pas d'image masculine si ce n'est qu'à travers les rapports que l'homme peut avoir avec une autre femme. »
Intéressant, cela expliquerait son besoin de nourrir

sa jalousie en voyant des rivales dans mes ex, dans mes filles, dans toutes les femmes qui me regardent. Sophie a rejeté le géniteur de sa fille, pas assez viril pour des machos comme moi, pas assez à l'image de son propre père.

« *Le comportement avec les enfants est une séduction érotisée qui contraste avec des soins minutieux. Elle reconnaît une sexualité aux enfants mais contrôle tout de leur vie, que ce soit à travers l'hygiène, la scolarité, la santé ou les fréquentations. Elle crée un prototype parfait de l'enfant. C'est une "mise en scène"* »
Sophie est en effet envahissante avec sa fille qu'elle veut son clone tout en la vivant comme une rivale en puissance.

« *... alternance de boulimie et d'anorexie. C'est une alimentation anarchique.* »
Sophie adore les stages de randonnée extrême, avec pour tout repas un brouet d'herbes, dont elle revient épuisée et décharnée mais elle aime aussi les repas roboratifs avec un penchant pour les volailles grasses et les viandes en sauce.
C'est fou, ce que l'on apprend sur Wikipedia ! Ou bien, est-ce comme les sites de médecine en ligne dont la lecture vous rend cancéreux et condamnés à coup sur si vous êtes hypocondriaques et avez un bouton mal placé ? Poursuivons notre lecture.

Théâtralisation et mise en scène. C'est l'exhibition devant un public choisi, avec des fantasmes ou des

attitudes évoquant le coït.
Bingo, j'y ai eu droit également !

« La dépression : elle se présente sous la forme d'un dégoût de la vie et de l'activité. Asthénie. L'hystérique femme mentalise mal sa dépression. Elle vieillit mal. Il y a une impossibilité de plaire au niveau psychique, un sentiment d'abandon, de non-valeur, conduisant à la tentative de suicide. On notera un signe particulier, l'hystérique ayant un comportement d'appel inconscient qui amènera quelqu'un à lui éviter cette TS. Elle choisit plus fréquemment la TS médicamenteuse, avec grande valeur relationnelle, appel et chantage. »
Je plaisante cyniquement ou plutôt je fais de l'humour acide mais c'est bien ce qui m'inquiète chez Sophie son incapacité à être adulte et son comportement à la limite du suicidaire. Je vis ce qui est décrit dans cet article de Wikipedia.

Que faire ?

Pervers narcissique, moi ?

« Je suis psychiatre. Mais jamais je ne croiserai le fer avec un pervers narcissique. »
Nouvel Observateur - 10 janvier 2012

Le Nouvel Observateur du 10 janvier 2012 titre sur les pervers narcissiques.

Je lis l'article avec attention sachant que Sophie va

me soumettre à une analyse psychiatrique 'spot'. Je vais devoir avouer, me reconnaître, dans certains traits de caractère décrits par l'article, mais j'ai préparé mon argumentaire et, quand, ce qui ne devait manquer, elle me lance à la tête que je suis un pervers narcissique, je lui réponds que j'ai lu l'article mais que :

1/ je ne peux être si pervers que cela puisque je lui ai recommandé de me quitter en reconnaissant que je ne pouvais pas la rendre heureuse donc je ne l'asservis pas, au contraire ;

2/ je me suis toujours efforcé de lui permettre de reprendre une activité professionnelle, en mettant à sa disposition toutes mes relations professionnelles, sachant que cela lui rendrait plus facile la décision de me quitter car je ne souhaitais surtout pas l'installer dans une dépendance financière ;

3/ je ne la dévalorise en rien car j'ai de l'estime sincère pour ses qualités intellectuelles et morales, estime que j'exprime publiquement.

Au surplus, j'ajoute, 'in cauda venenum', que si elle lit bien l'article, elle apprendra que les psys se reconnaissent impuissants à soigner les pervers narcissiques car ils sont trop intelligents ; ils recommandent à leurs patients de les fuir sans essayer de les guérir. CQFD, le mieux à faire pour elle était de me fuir et son psy avait bien raison.

Devant tant d'impudence, elle reste coite et nous passons à autre chose.

Je me suis lancé dans la lecture de Lucien Leuwen

de Stendhal et la perspective de 600 pages devant moi est jouissive. Il faut que je relise les souvenirs ensuite d'un égotiste du petit père Beyle !

2012

Août

J'ai tué le père !

A côté de la haine qui pousse à éliminer le père en tant que rival, un certain degré de tendresse envers lui est, en règle générale, présent.
Freud – Introduction aux Frères Karamazov de Dostoïevski

Je viens d'enterrer Papa. Son agonie fut brève. Il a été emporté par un cancer du pancréas foudroyant, sans trop souffrir grâce à la morphine. L'ayant entendu au téléphone plaisantant l'avant-veille de son décès, ronchonnant à son habitude sur les plats interdits par les médecins, je n'avais pas anticipé mon retour de vacances et suis rentré quelques jours après son décès. Je me reproche cette absence même s'il était peu conscient pendant ses dernières heures.

Dans le reposoir du crématorium, son corps raide et pomponné ressemblait à une figure du musée Grévin. Les thanatopracteurs n'avaient pas su reconstituer son rictus voltairien ; son visage qui ne lui ressemblait pas était presque anonyme. Ce n'était pas mon père qui gisait là, plutôt un inconnu qui lui ressemblait.

Devant le refus de mes frères et sœurs de prendre la parole aux obsèques, j'avais fait son éloge funèbre, éloge que j'avais rédigé d'un trait la nuit suivant l'annonce de son décès. Je ne parlais pas de ses infidélités, de ses violences conjugales, de son égoïsme, de sa muflerie à l'égard de maman. Je ne le campais pas comme un autre Rodolphe Boulanger mais parlais du père qui m'avait transmis son goût de la lecture, de la peinture, son maçonisme militant, sa curiosité intellectuelle, sa passion du golf. Mauvais mari mais tentant, et ratant d'être un bon père bien qu'absent.

En m'écoutant lire cet éloge, je comprenais à quel point je lui ressemblais, combien ses travers étaient les miens. J'avais, à ma puberté, tenté de me construire autrement pour ne pas lui ressembler tant il rendait malheureuse maman. Je constatais, à cinquante ans passés, que j'avais échoué à renier son sang. J'étais comme lui un cavaleur. J'aimais mes enfants sincèrement, excessivement même, mais n'était-ce pas une expression de mon narcissisme et un enfermement pour eux ? « Cet homme qui est là était, non, est mon père» débutais-je mon exorde d'une voix calme et forte. Cette apostrophe était venue sous ma plume sans que je sache si je faisais référence à son espérance, douteuse, d'une vie éternelle ou à l'immédiateté de ma douleur filiale. Je fus pris de sanglots à l'évocation de son échec à me faire aimer la voile tant il était un capitaine colérique et inexpérimenté sur son bateau « Le Farfelu ». Je dus interrompre mon soliloque, écouter le silence de l'église, pour pouvoir achever mon propos, le timbre brisé par la peine. Cet hommage m'a réconcilié avec lui pourtant. J'ai dit l'homme sociable et charmeur qu'il était, aussi, surtout. Il est maintenant mort et sera bientôt poussière, comme disent les Ecritures. Son image de Commandeur ne fera plus régner la crainte sur notre famille. Nous ne subirons plus ses plaisanteries caustiques et, souvent, méchantes. Je m'accepte comme je suis. J'accepte de lui ressembler. J'ai tué le Père !

Exorcisme

Sophie et mes trois enfants sont arrivés en retard pour la cérémonie, ne me rejoignant qu'au repas funèbre. Un pneu de sa vieille voiture a éclaté sur l'autoroute. Ils auraient pu tous mourir. Mes enfants se tiennent à mes cotés pour le dépôt de l'urne dans le caveau familial. L'urne est d'un beau bleu vernissé, iridiée par le soleil. Je tiens la main de Paul ; Lou et Juliette pleurent et font ainsi leur deuil. Paul est attentif, suivant la cérémonie, le rituel compliqué mais passionnant comme ses notices de

Mécano. Le caveau est celui où reposent mes grands-parents ainsi que mon oncle Guy. Je repense à l'enterrement de mon oncle, il y a presque quarante ans déjà. J'avais choquée alors maman en emmenant un livre « de peur de m'ennuyer pendant les obsèques » expliquais-je. Ma grand-mère, que j'aimais tant, était dévastée de tristesse. Mon oncle, ancien international de rugby, était, rouquin, souriant, beau comme JFK ; ce fils était son dernier enfant, son cadet, le plus aimé aussi. Ma grand-mère m'appelait souvent Guy après sa mort. Je ne relevais pas sa confusion, par pudeur.

Lou et Juliette repartent en train sur Paris ; Sophie, Paul et moi repartons le lendemain pour Fréjus pour une semaine de vacances dans la voiture de Papa.

J ai mis quelques affaires de mon père, un peu à la demande de maman, et parce que je suis parti préparer les obsèques eu urgence sans défaire ma valise. Sophie me dit, mi plaisante, mi sérieuse : « Georges, sors de ce corps ! » tant le port de ses vêtements renforçait le mimétisme avec le défunt.

Elle ne croit pas si bien dire, pensais-je, me remémorant mon éloge funèbre du matin.

L'Enfer de Clouzot

« Ecoutez, Maxime Maximovitch. J'ai un caractère malheureux. Est-ce l'éducation qui m'a fait tel, est-ce Dieu qui m'a créé ainsi ? Je n'en sais rien. Je sais seulement que si je fais le malheur des autres, je n'en souffre pas moins moi-même. »
Un héros de notre temps – Lermontov

Nous sommes arrivés hier soir tard à Fréjus. Partis le lendemain des obsèques j'avais proposé à Sophie de passer une semaine dans l'appartement qu'affectionnait Papa à Fréjus plage.

L'appartement est situé dans une barre d'immeubles, face à la mer. Nous y avons passé nos vacances enfants. Je me souviens d'une nuit passée à regarder le petit poste de télévision, noir et blanc, pour voir le pas dansant des astronautes sur la lune. Papa adorait cet appartement où il sirotait son pastis face à la mer. Il aimait les bains de soleil, encore un goût que je lui dois.

Nous avons pris le chemin des écoliers. Nous prîmes une collation devant le viaduc de Garabit pris dans la brume matinale. Les arches orange de l'édifice, suspendues dans l'air, les piliers voilés par l'écran vaporeux de la brume estivale, formaient un château métallique imaginaire ressemblant à celui du film d'animation japonais le Château dans le ciel. Il était tôt. L'air était frais. Je me souviens d'un escargot qui remontait déjà prendre refuge dans le feuillage d'un arbuste pour fuir les rayons du soleil levant.

L'Enfer, film inachevé de Clouzot avec Romy Schneider me revint à la mémoire. Nous l'avions vu il y a quelques mois au cinéma Le Balzac. Romy digitalisée par des lumières stroboscopiques, dénudée par les néons, perdue dans les déformations fractales, rendue abstraite comme un Tinguely et pourtant, malgré tout, l'émotion charnelle d'une actrice en déroute, non plus qu'une actrice, une femme qui souffre, Romy qui souffre, perdue, égarée déroute, non plus qu'une actrice, une femme qui souffre, Romy qui souffre, perdue, égarée dans un délire génial d'inventivité graphique, la cinématique des courses vaines sur le pont, tant de virtuosité technique sans issue, opus avorté par la crise cardiaque de son thaumaturge.

La folie et la chute des êtres, la faille qui s'ouvre sous leurs pas, l'angoisse qui obscurcit la splendeur estivale. Tout cela me revient un instant. J'écarte ces images psychédéliques angoissantes pour m'emplir de la beauté de l'instant.

Nous étions presque seuls sur l'aire d'autoroute. Nous ressentions cette excitation de tous les départs, cette anticipation de tous les plaisirs que l'on sc promet.

Sophie dit à Paul que c'était un 'petit plaisir' et qu' »il fallait se donner ainsi des petits plaisirs ». Cela devint un jeu, une sorte de comptine pour ce jour à part, où nous traversions la France tous les trois.

Le Pont du Diable

« J'ai paradé devant lui dans des robes de filles. Je me suis faite spirituelle et enjouée quand j'avais la mort dans le cœur »
La Fanfarlo – Charles Baudelaire

Sophie avait suggéré de faire halte au Pont du Diable prés de Saint-Guilhem-le-Désert. Ne connaissant ni le village ni le pont, j'ai accepté bien volontiers. Cela me rappelait mon stage de sous-préfet. Le village est un peu trop propret, avec l'itinéraire piéton obligé d'un glacier pratiquant les prix du 7e arrondissement à un artiste, bobo parisien, planqué dans sa galerie prétentieuse. Il y avait mariage ce jour là. Nous eûmes juste le temps de visiter l'église si sombre, presque fortifiée comme celles du pays parpaillot tout proche, avant que la noce n'investisse la place. Les invités, armés d'ombrelles chinoises pour supporter la canicule, paradaient Le code vestimentaire des hommes était le gilet étroit et celui des femmes des grandes robes de couleur. L'immense platane ombrageait la scène. Paul et moi bûmes à la fontaine, avec nos mains en coupe, l'eau que l'on n'imaginait pas venir si fraîche du cirque rocailleux qui enferme le village ; l'eau débordant de la vasque de pierre se perdait dans le sol scandale de prodigalité que j'aurais voulu contenir.

Nous nous baignâmes ensuite au Pont du Diable. L'eau de l'Hérault coulait, glacée au soleil du mitan. Nous nageâmes à contre courant pour rejoindre quelques rochers au pied du Pont du Diable. Les adolescents montaient sur les blocs surplombants pour sauter ou plonger, pour les plus audacieux, dans les trous d'eau. Je montrais l'exemple à Paul et sautais d'une hauteur d'environ trois mètres dans l'eau. Paul me suivit sans hésiter et le saut dut lui paraître bien plus impressionnant du haut de ses huit ans. Sophie hésita puis se décida à sauter également. Elle se fâcha quand je décidai de sauter d'une hauteur plus grande. J'entrepris l'escalade d'un éperon d'une hauteur de prés de dix mètres, Sophie me criant de renoncer ; je refusais et poursuivis ma progression en lui demandant de garder Paul le temps de mon saut. Pour m'obliger à renoncer, elle partit, rejoignant la plage en aval, abandonnant Paul, accroché à son rocher. Je dus renoncer à ce dernier saut ; j'étais frustré et furieux contre elle car j'ai la passion de sauter des rochers dans la mer et ce saut dans l'eau sombre de la rivière était une expérience nouvelle pour moi. Nous repartîmes, Paul et moi, nous laissant emporter paresseusement par le courant.

La journée était gâchée par cet incident. Nous déjeunâmes à l'ombre des arbustes poussés dans le lit de cailloux abandonnés par la rivière mécontent l'un de l'autre.

Nous repartîmes un peu tard et la fin du périple fut

une longue succession d'embouteillages à l'approche de la mer.

Feu d'artifices du quinze août

« Mon égotisme, outre qu'il soit peu séduisant, ne se renouvelle guère »
Un homme libre – Maurice Barres

J'avais mal anticipé les bouchons du quinze août et la dernière étape fut longue et épuisante.

Un feu d'artifice tiré à Fréjus le jour de notre arrivée avait attiré une foule d'estivants bloquant tous les stationnements. Laissant Sophie et Paul avec les bagages à l'appartement, je dus tourner pendant une demi-heure avant de trouver une place ; je revins excédé à l'appartement où Sophie m'accueillit par un reproche sur mon retard qui l'avait inquiété. Elle rouspétait contre la chasse d'eau qui ne fonctionnait pas selon elle. Pour lui montrer comment la faire marcher, je la bousculai dans la minuscule salle de bains, la faisant basculer dans la baignoire. Je m'excusais à peine. Nous dînâmes sans joie, échangeant quelques paroles contraintes.

Elle a décidé qu'il fallait garder la porte fenêtre ouverte pour avoir la fraicheur de la nuit. Elle dort maintenant ; dans mon insomnie, j'écoute les voix confuses des passants sur la croisette, lui reprochant jusqu'à son souffle pourtant léger tant le moindre bruit m'insupporte, si habitué que je suis au silence parfait de mon appartement parisien.

Eucharistie sexuelle

« Peut-être s'était-il un peu dégoûtée d'elle, parce qu'elle avait trop d'amour »
La Fanfarlo – Charles Baudelaire

Je n'ai jamais aimé cet appartement, trop bruyant, ni la Côte d'Azur et son étalage vulgaire de corps bronzés, les baraques à pan bagnat de mon enfance remplacées par des marchands de panini. La mer est trop tiède pour rafraîchir les corps brûlés ; les nuits lourdes ne reposent pas de la canicule.

Enfants, nous dormions dans la salle de séjour face à la mer. Les parents dormaient dans la chambre du fond, sur la coursive qui dessert les ascenseurs et escaliers.

Nous laissions les volets roulant relevés, regardant de nos lits les phares des voitures tracer des alphabets d'éclairs subits entre les palmiers du front de mer. Nous accompagnions les coupés italiens klaxonnant qui filaient de Saint-Tropez vers Monaco, snobant notre station familiale. Une autre vie, mystérieuse, celle des gens riches, dont nous avions aperçu les yachts amarrés à Cannes, débutait la nuit tombée. Les plages désertées, dont le sable devenu noir dessinait des toiles cirées de reflets de lune, voyaient passer pressés des caravanes fitzgéraldiennes allant gaspiller des sommes folles au casino. Des quinquets clignotaient faiblement au large et nous imaginions, de la lecture des magazines People, des fêtes et du champagne frappé servi par des loufiats en blanc.

Au matin, nous étions déconcertés de retrouver la plage vide, écrasée de soleil, les lumières sur la mer éteinte, le boulanger à son poste habituel bavardant avec le bistrotier balayant mollement sa terrasse. Les phantasmes de la nuit évanouie, les poussières d'or éteintes, les riches étaient allés se coucher. La plage, cagnard de sable, nous attendait, les pieds léchés par une vague paresseuse. Les gens et les choses étaient déjà fatigués de chaleur.

Enfants, nous avions regardé les astronautes se poser sur la lune sur le petit poste de télé en noir et blanc. Nous nous excitâmes mutuellement pour rester éveillés jusqu'au petit matin. L'image confuse de scaphandriers patauds s'agita enfin dans la neige des parasites de l'écran mal réglé et nous pûmes enfin aller dormir avec le sentiment d'avoir vu quelque chose d'important et mystérieux, un peu comme le Père Noël enfin descendu par la cheminée.

Non, je n'aimais pas cet appartement malgré ces souvenirs d'enfance de vacances heureuses.

Choisir entre l'insomnie, dans la torpeur tropicale et le bruit des voitures du front de mer, et l'étouffement de la chambre du fond, dans les bruits d'ascenseur et les voix sonores des voisins impolis, tel est mon dilemme quotidien. Je nageai le plus possible slalomant dans le trafic portuaire des matelas pneumatique, espérant épuiser mon corps. Je m'endors d'un sommeil hâtif pour me réveiller en sueur, quelques heures plus tard, écoutant le souffle régulier de Sophie, me résoudre enfin à rejoindre Paul pour finir la nuit.

Je me lève dans la nuit, énervé du manque de sommeil, frémissant comme un cheval au champ, taraudé par l'attaque des taons et m'enferme dans les quelques mètres carrés de la salle de bains où je m'assois pour lire.

Sophie, aussi, est excédée de ces nuits où je la quitte après une étreinte transpirante pour aller prendre une énième douche froide et tenter de dormir dans la chambre du fond.

Elle me reproche mon manque d'empressement et mes exils noctambules.

Hier soir, je l'ai embrassée dans son lit sans lui faire l'amour, feignant de la croire presque endormie. Elle s'est levée d'un bond quand je me glissais en tapinois hors du séjour pour aller dormir avec Paul. Elle m'a annoncé, à forte et claire voix, au risque de réveiller Paul, sa décision de ressortir pour « aller s'amuser puisque je ne l'intéressais plus ». Provocation puérile mais je sais devoir craindre ses brusques divagations. Je tentais de la raisonner mais elle enfila un short et un tee shirt à la clarté de l'avenue encore bruyante de vacanciers revenant gaiement des restaurants, et se précipita dehors.

Je me vêtis en urgence et la rejoignis dans le couloir de l'immeuble. Les autres locataires avaient laissé ouverts leurs volets pour mettre en courant d'air leurs appartements et je craignis d'emblée une scène publique. Je bloquais Sophie dans l'escalier de service en la prenant dans mes bras pour lui demander de se calmer et de rentrer. Je l'embrassais dans le cou pour l'amadouer mais elle se dégagea en criant que « puisque je n'avais plus envie de la baiser, elle irait chercher ailleurs ! » Pour rendre sa menace tangible, elle leva son tee shirt pour exhiber ses seins, qu'elle prit en coupe dans ses mains pour me mes présenter comme une offrande, en criant « Ils ne te font plus envie ? ». Quelques voisins, alertés par le bruit de notre dispute, passèrent une tête prudente derrière leurs fenêtres grillagées.

Je fis avancer de force Sophie un peu plus bas dans l'escalier hors de leur vue et pressais mon corps contre elle pour la retenir. Je bandais. Sophie sentit mon érection et mis sa main sur mon sexe. Je mangeais sa bouche en malaxant ses fesses comme une pâte à pain. Blottie contre moi, elle ronronnait presque comme une chatte en chaleur. Elle était prête à se donner, là, dans l'escalier, mais, sentant ma défaite, elle me laissa rabattre son tee shirt, prendre par la main et rentrer dans l'appartement.

Le rideau du séjour était resté ouvert, éclairant vaguement la pièce. Je n'allumais pas mais ouvris la fenêtre car je savais que cette exhibition l'exciterait. Elle attendait sagement comme un enfant, assise sur le lit, que je finisse mes préparatifs. Je revins vers elle. Sans attendre, elle baissa mon maillot de bains pour saisir ma queue dans sa bouche. Saisissant mes fesses, elle s'enfonça ma queue jusqu'à la garde dans la gorge. Elle était en transes. Je sentais ses dents sur ma verge et je craignis un instant qu'elle ne me châtre dans l'excès de son désir. Je me libérerai malgré elle de son avalement, enlevais son tee shirt levant ses bras au dessus de sa tête ce qui fit saillir encore sa belle poitrine et l'allongeai sur le lit pour lui enlever son short. Elle était nue. Son sexe était trempé de volupté. Je dégustai sa vulve comme un fruit mur, exotique, plein de suc et de senteurs. J'adorais la faire jouir avec la bouche ; son sexe me nourrissait et m'enivrait tout à la fois. Eucharistie sexuelle. Je léchais ses lèvres intimes, buvais ses humeurs poivrées, humais le parfum de sous-bois de son entrejambe. Elle jouit à plusieurs reprises. Je me rejetais sur le lit épuisé de son épuisement. Mon cœur battait la chamade. Je luis dis de monter sur moi mais elle préféra me faire jouir dans sa bouche, serrant ses lèvres étroitement sur mon vit pour ne rien perdre de mon sperme qu'elle avala avec délice, victorieuse des frémissements de mes reins douloureux de volupté.

La Violence

« L'autobiographie est à la fois la forme la plus haute et la plus basse de la critique. Un livre n'est point moral ou immoral. Il est bien ou mal écrit. C'est tout »
Oscar Wilde – Portrait de Dorian Gray
Hier soir, je proposais d'aller nous promener avant dîner sur la marina pour baguenauder devant les yachts et manger une glace. Nous nous étions mis élégants et j'avais pris mon appareil photo.

Je marchais quelques pas en avant de Sophie, tenant par la main Paul qui, pressé de voir les bateaux voulut traverser l'avenue. Sophie ralentit le pas pour exprimer son énervement d'être ainsi abandonné par les deux mâles. Je l'attendis sur le trottoir et même revins vers elle, puis tentais de l'entraîner par la main pour qu'elle se hâte un peu. Elle se raidit comme un âne au licol et reprit, ostensiblement, son allure de sénateur ; de guerre lasse, je quittais sa main et rattrapais l'enfant qui nous précédait d'une vingtaine de mètres maintenant.

Le temps qu'elle nous rejoigne, je fis quelques photos de Paul devant un voilier. Quand je proposais à Sophie de se faire prendre en photo, elle déclina en me disant d'une voix acide « Non, je te laisse photographier ton fils ! ». Les prises photos étaient l'amorce assurée de fâcheries car Sophie s'estime, hâtivement, sans envie, photographiée par moi tandis que je déploie, selon elle, un talent exclusif pour ma progéniture. « Tu sais bien que je ne prends pas bien la lumière. » assène-t-elle avec amertume depuis que j'ai eu la maladresse de dire que la mère de Paul, ancien mannequin « prenait, ELLE, bien la lumière ». Ce constat pour moi était aussi neutre que de dire qu'elle était blonde ou châtain. Sophie avait exigé, en vain, que je détruise toutes les photos des années passées avec la mère de Paul avant qu'elle ne parte à la cloche de bois, me privant de mon fils, ne cachant pas sa jalousie de celle dont j'avais eu un enfant. Je compris alors que la soirée allait être 'rock & roll' et pris le parti de ne pas répondre.

Depuis quelques jours, je sentais la tension monter entre nous et j'avais décidé de ne pas prendre de front sa rancœur et son mal être. J'allais jouer 'fond de cour', tout en esquive. Sophie, décidant que les photos d'elle étaient affreuses, exigea que je les détruise immédiatement et nous quitta pour rentrer seule à l'appartement. Nous poursuivîmes notre promenade une dizaine de minutes ; je fis encore quelques photos de la marina et de Paul dans le soleil couchant, heure la plus photogénique.

Je proposais de prendre l'apéritif sur le balcon pour alléger l'ambiance. Paul toujours enthousiaste, car l'apéritif, c'était les vacances, aida Sophie à le préparer. L'apéritif nous rapprocha un instant. Nous dînâmes et après une partie de tarot, je couchais Paul dans la chambre du fond.

Le sirocco, levé dans la journée, rendait cette soirée encore plus lourde que la veille.

Je compris qu'il fallait que je fasse l'amour à Sophie même si j'étais en colère sourde contre elle, car seule cette étreinte pouvait relâcher sa frustration. Je sentais, palpable dans la chaleur, sa tension, sa tristesse, son amertume. Sa jalousie de la tendresse tranquille que je réservais à Paul, se muait en violence, en douleur qui lui nouait le ventre. Je connaissais par cœur ces symptômes, ces prémisses d'une crise, d'une violence, au mieux verbale. Je voulais à tout prix éviter une telle scène en présence de Paul dans ce huis clos de trente mètres carrés.

Nous étions couchés chacun sur notre lit, séparés par une table basse. L'image de ces films américains censurés où on se demande comment les époux réussissent à copuler sur des lits aussi étroits que des bas flancs traversa mon esprit et paradoxalement m'excita Je me levais pour la rejoindre et m'assis au bord de son lit, sur une fesse, me penchait pour l'embrasser pour la rejoindre et m'assis au bord de son lit, sur une fesse, me penchait pour l'embrasser dans l'oreille. Cette caresse la faisait toujours fondre. Elle se retourna pour me prendre dans ses bras et, en un instant, nous fûmes nus. Mais, à ma surprise, au lieu de se laisser caresser et embrasser, au lieu de prendre son plaisir sous mes lèvres au plus intime de son sexe, elle me prit par les épaules, me coucha sur le lit et s'installa sur moi. Elle avait décidé de prendre le contrôle et je la laissais faire car je sentais son corps tendu comme une corde prête à rompre.

Elle bougea sur moi, se caressant le sexe à mon érection. Je sentais sa vulve moite se contorsionner sur ma turgescence. Puis d'un mouvement soudain et inattendu, elle prit mon vit dans sa main et d'un coup de rein, d'un seul mouvement, s'encula. Je ne lui avais jamais vu faire cela. La sodomie était pour elle quelque chose de nouveau. Elle m'avait dit que j'étais le premier, m'ayant donnée cette virginité érotique. Elle s'en défendait parfois mais elle y avait pris plaisir maintenant. Cela me rappelait cette phrase de Céline dans Mort à crédit où il dit qu'après avoir dévergondé la bonne des paysans il lui avait montré combien c'était « plus fort » par derrière. Habituellement, c'était moi qui le lui proposais, sans jamais l'y contraindre, comme une épice forte dont il ne faut pas abuser dans la cuisine du sexe.

Elle alla et vint sur mon vit quelques instants et atteint très vite son orgasme retombant sur ma poitrine tandis que je m'abandonnais en elle. Nous étions en transpiration tous les deux. Cette étreinte avait été plus une lutte qu'une union. Nous avions joui mais nos cœurs n'étaient pas réjouis. L'orgasme me laisse toujours triste, inassouvi, seul.

Nous nous quittâmes rapidement espérant trouver, grâce à la fatigue sensuelle, le sommeil. Sophie finit par s'endormir. Probablement avait-elle mis ses boules Quies car l'avenue restait bruyante ; le bruit des conversations confuses, les rires, éclats de voix des voisins qui rentraient, meublait mon insomnie.

Je me décidais, vers une heure du matin, à rejoindre la chambre sur la coursive où dormait Paul dans un lit double, car, plus fraîche et surtout plus silencieuse.

Le lendemain, je me réveillais vers sept heures, fatigué de la nuit ; d'un pas endormis j'allais dans la cuisine faire le café. Sophie n'étais ni dans le séjour ni dans l'appartement. Je pensais qu'elle était partie chercher du pain frais ou faire un jogging matinal.

Je vis alors une lettre laissée en évidence sur la table. « Salaup ! Je m'en vais » écrivait-elle de manière laconique. Je réalisais alors qu'elle avait pris sa valise et toutes ses affaires et en déduisis qu'elle avait du aller à la gare distante d'un bon kilomètre à pied prendre le premier train pour rentrer sur Paris.

Je me sentis soulagé par son départ. J'allumais la cafetière, serein.

Je tentais de l'appeler sur son portable et tombais sur sa messagerie. Je lui fis donc un sms car Lou, qui avait dormi la veille dans l'appartement au retour de ses vacances, m'avait dit avoir oublié de laisser, comme convenu, la clé à la concierge.

« Bon retour ! Lou a oublié la clé à l'intérieur de l'appartement. J'espère que tu pourras rentrer. S'il y a un problème, appelle moi. »

J'informais Paul qui s'était réveillé entre temps du départ de Sophie. Il ne releva pas et nous primes tranquillement le petit déjeuner tous les deux.

J'étais un peu surpris par ce départ ne comprenant pas ce qui avait déclenché sa colère mais ce départ théâtral m'exonérait de tout sentiment de culpabilité.

Je découvris alors qu'elle m'avait laissé une série de messages sur mon

« J'ai regardé ton appareil photo, il n'y a pas une seule photo de moi !'

Je pris l'appareil 'fautif' ne comprenant pas car nous

avions pris de nombreuses photos lors de notre escapade à Saint-Guilhem du Désert. Je craignais que dans son ire, elle n'ait tout effacé. Les photos étaient là, un peu irréelles, anachroniques car nous montrant souriants. Je compris que c'était la séquence des photos de la veille prises à la marina qui l'avaient fait sortir de ses gonds. Cela me parut bien injuste puisqu'elle s'en était elle-même exclue.

« Va te faire enculer, me disait-elle dans un autre message, je sais que tu aimes cela... ». J'étais habitué à la crudité de ses paroles mais ces mots étaient fort salés et je ne comprenais pas bien l'attaque. « C'est ton ami Jean celui qui voulait coucher avec Clara (la mère de Paul) qui me l'a dit » ajoutait-elle. Là, je reconnus sa recherche obstinée, maladive de confidences de mes proches pour mieux me cerner, mieux se défendre (?) ou mieux se préparer à m'atteindre.

Cette vindicte me sembla fort hystérique ; je m'inquiétai de la savoir seule, folle de colère et de frustration, de rentrer sur Paris nous laissant finir, seuls, égoïstement, nos vacances. J'appelais sa fille et sa mère pour leur demander de l'appeler pour la raisonner et être auprès d'elle à son retour puis je partis à la plage avec Paul, ayant pris les mesures d'organisation qui s'imposaient.

Paul et moi nous baignâmes tranquillement. Il était dix heures environ, Paul jouait avec sa planche de surf sur le bord de l'eau quand, j'aperçus, marchant vers nous le long de la plage, Sophie qui portait un nouveau maillot de bain. Je lui avais promis d'aller lui acheter un nouveau maillot mais avait paressé à faire la course la remettant de jour en jour. Je compris en la regardant s'asseoir sur le sable à mes côtés que, loin d'être réconciliée, elle revenait vengeresse.

« Tu étais bien content de me voir partir » siffla-t-elle. Je lui répondis avoir prévenu ses parents car j'étais inquiet et suggérais qu'elle les appelle pour les rassurer si ce n'était déjà fait.

« Je vais vous pourrir les vacances ! » ajouta-t-elle sans relever mon appel à ses parents. Paul l'aperçut, échangea un regard interrogatif avec moi et, d'instinct, se mit à l'abri en reprenant son jeu solitaire au bord de l'eau.

Sophie se lança dans l'eau pour nager au loin, si loin que je me demandais un instant si, après avoir simulé son départ, elle allait me jouer la scène du suicide raté. Je compris que, de la même manière qu'elle avait espéré, en vain, me voir courir la rattraper ce matin sur le quai de gare, elle espérait maintenant que j'allais la sauver d'elle-même.

Nouvelle Raquel Welch, roulant les hanches langoureusement pour me dire que je n'aurais plus droit à tout cela, elle sortit de l'eau et rentra la première à l'appartement sans m'adresser la parole. Nous la rejoignîmes vers midi.

Pendant que Paul prenait sa douche, je décidais d'installer un modus vivendi entre nous, dans la paix armée que j'anticipais pour la fin du séjour. Je lui dis qu'il fallait qu'elle se calme et que si elle ne se calmait pas, je devrais « sa mère à nouveau pour qu'elle la raisonne ». A ces paroles, elle vint vers moi, sans hâte, et m'asséna une forte paire de gifles, coup nourri à la colère froide qui l'animait depuis cette nuit.

Je ne m'attendais pas à sa violence. Je ne lui retournai pas sa gifle mais la pris par le bras en lui disant « Maintenant, ça suffit, tu t'en vas ! » et je la tirai vers la porte que j'entrebâillais pour l'expulser de l'appartement de force. Sophie est presque aussi grande que moi, assez lourde de constitution, je luttais de toutes mes forces pour la pousser dehors. Je ne la frappais pas, je la tenais d'une poigne ferme et la tirai centimètres par centimètres vers la porte. Elle résistait de toute sa force. Par un mouvement tournant, elle attrapa le mur de la cuisine puis la poignée du frigidaire où elle s'agrippa. Je la tirais toujours ce qui fit basculer le frigidaire. J'entendis le bruit de pots de verre tombant du frigidaire pour se briser sur le carrelage.

J'exerçais une forte et brusque poussée sur Sophie. Elle perdit pied, sa tong glissant sur la sauce tomate répandue sur le carrelage, tomba sur le dos. Je voulais en finir et attrapais sa jambe pour l'extraire de l'appartement. Elle résistait encore plus de tout son poids couché sur le sol. Je saisis ses cheveux afin qu'elle cède sous la douleur. Elle se mit à appeler Paul à l'aide. J'ordonnais à Paul de ne pas sortir de la salle de bains. Les voisins de palier, alertés par le bruit, ouvrirent leur porte et nous vîmes nous battant le corps de Sophie à moitié engagé dans le couloir commun.

« Elle veut faire du mal à mon fils. Appelez la police ! » criai-je aux voisins stupéfaits. Cette phrase me vint spontanément. Elle me libérait d'elle et me protégeait à la fois. Avais-je eu vraiment peur qu'elle se saisisse d'un couteau dans la cuisine ? Non, mais l'idée m'en traversa l'esprit comme un alibi parfait pour me débarrasser d'elle enfin Je n'avais jamais eu peur physiquement d'elle mais je voulais protéger définitivement Paul de la vue de cette violence traumatique, lui épargnant ce que j'avais vécu enfant.

Mon calme effrayant dans ce paroxysme de violence ne me surprenait pas. J'avais conservé également tout mon calme quand Clara, la mère de Paul, lors de l'accouchement, réagissant mal à la péridurale, avait été emporté en urgence pour une césarienne. J'avais pris la main de Clara, à demi inconsciente, quand l'obstétricien l'emmena en lui disant de ne pas s'inquiéter ou quelque chose d'aussi banal puis j'avais attendu sans angoisse les nouvelles. Je vis revenir en premier Paul dans une sorte de couveuse. Le visage encore couvert de sang non nettoyé dans la précipitation. Je demandais si l'enfant n'avait rien. L'infirmière me rassura aussi sur la mère, sans que je l'interroge, et repartit très vite en salle d'opération. Je pris des photos du nouveau né, de mon fils Paul. Le médecin vint quelques temps après me dire que la mère allait bien mais qu'il avait du procéder par césarienne. Le lendemain, Clara me dit sa contrariété de cette césarienne qui allait marquer son ventre d'une cicatrice disgracieuse. Le médecin, me reprocha-t-elle, avait été très surpris de mon calme dans ces événements et lui avait même demandé si je travaillais dans les services d'urgence ou au GIGN ! Je ne relevais pas, mais je savais combien mon sang froid, seulement préoccupé du sort de Paul, avait pu sembler presque effrayant.

Sophie était prostrée sur le sol, ne bougeant plus dans une mare de sauce tomate, couleur de sang, et je réalisais seulement alors qu'elle avait pu être blessée sentant un éclat de verre s'enfoncer dans mon talon.

Paul voulait sortir de la salle de bains. Je l'enroulais dans une serviette et enjambant le corps de Sophie le passais aux voisins, en leur demandant de le garder le temps que la police arrive.

Vingt minutes plus tard, ce fut la Brigade Anti Criminalité (BAC) qui arriva et non pas Police secours. Sophie, entre temps, s'était relevée, avait pris une douche et s'était enfermé dans la chambre du fond, tandis que je nettoyais les dégâts avec un balai. Les policiers de la BAC, se balançant d'un pied sur l'autre comme des cow-boys, me demandèrent ce qui s'était passé. J'avais préparé mon laïus dans ma tête tout en balayant. Je leur donnais donc tranquillement ma version des faits : la violence de ma compagne, ma volonté de la faire sortir pour éviter une scène à mon fils, la bagarre qui s'était ensuivi et le fait que c'était moi qui avait pris le parti de les faire appeler pour mettre mon fils en sécurité car je voulais qu'elle quitte l'appartement. Sophie sortit de la chambre du fond en hésitant un peu. J'indiquais aux policiers qu'elle était avocate et donc parfaitement au fait de ses droits et l'invitai à porter plainte si elle le souhaitait mais que je ferai alors de même.

Comme elle portait un bandage de fortune au mollet, s'étant probablement coupée avec du verre pendant la lutte, et qu'elle semblait fort choquée, ils suggérèrent d'appeler le SAMU pour la prendre en charge. Je soutins bien volontiers cette idée assurant qu'un médecin constaterait qu'elle n'était pas dans son état normal et la mettrait sous calmants. Je remarquais qu'elle ne portait plus son maillot de bains noir à pois blancs qu'elle avait acheté le matin.

Le chef de la brigade s'énervait de mon calme et de l'emprise que je gardais sur la situation, leur donnant presque des ordres. Il s'isola avec Sophie quelques instants dans la chambre pour lui permettre de se déterminer, sans subir mon influence, trop manifeste. Elle réitéra ne pas vouloir porter plainte mais accepta qu'ils appellent le Samu.

Les pompiers arrivèrent rapidement, l'examinèrent rapidement, me jetant des regards torves et la convainquirent de l'accompagner aux urgences. Sophie partit avec eux.

Je finis de nettoyer la sauce tomate répandue sur le sol avant de récupérer Paul pour le faire déjeuner. Puis nous allâmes sur la plage.

Vers cinq heures, ne la voyant pas revenir, j'appelais les urgences qui me dirent qu'elle était encore dans le service. Je décidais d'aller la chercher en taxi laissant Paul devant la télévision. Je la détestais pour ce dilemme, où elle m'enfermait une fois encore, de devoir choisir entre protéger Paul et m'occuper d'elle, mais je ne pouvais la laisser seule, désemparée aux urgences. Je voulais lui proposer de passer la nuit dans une chambre d'hôtel avant qu'elle ne reprenne le train définitivement pour Paris.

Je demandais au taxi d'attendre un instant mais, aux urgences, on me dit qu'elle était partie sans attendre les soins. Elle avait abandonné sa carte vitale ce qui me sembla un signe d'un état peu clairvoyant. Je rentrais donc à l'appartement m'inquiétant de son errance.

Je retrouvai Paul qui guettait mon retour sur le balcon. A huit ans, il n'était pas rassuré d'être seul dans cet appartement inconnu.

Nous jouâmes aux cartes. Le soleil déclinait sur la plage presque déserte maintenant. Je regardais l'avenue qui nous séparait de la mer dans le vague espoir de l'apercevoir. Je la vis soudain marchant le long de la plage.

Je me précipitais pour aller la chercher. Je la rattrapais alors qu'elle rejoignait cette marina où s'était nouée sa colère. Elle marchait de façon mécanique, en marmonnant des mots incompréhensibles. Elle me reconnut à peine au début et continua à cheminer tandis que je lui demandais de s'arrêter. Elle répétait « Marie Jésus pleine de grâce » comme une litanie, comme un chapelet que l'on dévide. Son regard était vide, hagard, fixe. Elle allait du même pas, régulier, lent, sans but. Je la retins un instant par les épaules pour l'obliger à me regarder et lui demandai pourquoi elle avait fui les urgences. Elle ne me répondit pas. Absente, elle me demanda d'une voix faible de la laisser partir, de la laisser seule.

« Je ne peux te laisser seule, tu n'es pas dans ton état normal » lui dis-je fermement. Je ne voulais pas la ramener à l'appartement dans cet état, et je ne voulais pas la laisser errer seule. Je craignais pour son intégrité physique mais refusais d'exposer Paul à ce zombie sachant de quelle violence nouvelle et désespérée elle était capable. Je n'ai aucune crainte quand je suis seule avec elle. Fataliste, je me dis que si elle doit un jour me donner un coup de couteau, elle me le donnera mais la préservation de mon fils était une exigence immédiate.

Je ne vis qu'une issue à ce dilemme, c'est qu'elle soit enfin soignée et mise sous calmants. Je demandais à des badauds d'appeler police secours. Les gens s'esquivèrent lâchement. Je l'arrêtais de force devant une terrasse de café et apostrophai le patron à qui je demandais de bien vouloir appeler le SAMU. Il finit par céder à mes objurgations devant le scandale que je créais.

Les sapeurs pompiers mirent longtemps, peut-être une demi-heure, à arriver. J'étais anxieux pour Paul abandonné à nouveau seul dans l'appartement. Sophie s'abandonnait, poupée désarticulée, sans forces, dans mon giron. Je racontais rapidement aux secouristes qu'elle était en état de choc, que je ne pouvais pas m'en occuper ayant un enfant seul à la maison, qu'il fallait qu'un médecin la voie et lui donne des calmants. Elle était abattue, déçue probablement que je ne la ramène pas à la maison, comme un chien sans collier, rejeté. Elle ne revendiquait plus rien. Elle se remit dans les mains des pompiers et partit avec eux.
J'appelais les urgences plusieurs fois dans la soirée. On me dit vers 22 :00 qu'elle n'était plus dans le service. Paul couché, je me levais pour aller marcher sur la plage, l'imaginant prostrée dans le sable.

Le lendemain matin, levé tôt, alors que Paul dormait encore, je vis une voiture de police la ramener. J'avais rebouclé sa valise et préparé son sac. Elle déclara venir chercher ses affaires avant de repartir sur Paris. Vérifiant mécaniquement son sac, elle constata que j'avais retiré sa clé de l'appartement parisien. Je le reconnus devant les policiers disant que c'était mon appartement et que je ne voulais pas la laisser entrer seule dedans dans son état. Comme elle ne protestait pas, les policiers lui demandèrent une fois encore si elle souhaitait déposer une plainte. Devant son refus, ils la raccompagnèrent jusqu'à l'avenue et l'abandonnèrent. Je la vis partir avec sa valise à roulette en direction de la gare. J'eus, un instant, la velléité d'aller la chercher et lui proposer de revenir mais je fis le choix de garantir la fin des vacances de Paul et je l'abandonnais.

Septembre

Enfin seul !

« Il m'était impossible d'aimer, car, je le répète, aimer, chez moi, voulait dire tyranniser et dominer moralement. »
Fédor Dostoïevski – Le sous-sol

Je suis séparé de Sophie depuis trois semaines et je vais bien.

Je reste troublé plus que culpabilisé par la violence que j'ai laissé sortir de moi. Je n'avais pas envie de la tuer ni même de la blesser. Non jamais cette pulsion ne m'a effleuré mais je voulais qu'elle disparaisse de ma vie, de notre vie, la mienne et celle de Paul. Je voulais retrouver l'harmonie du ciel bleu, de la mer. Je voulais protéger Paul et peut-être ai-je eu, vraiment, peur pour lui quand j'ai vu Sophie se précipiter dans la cuisine.

Ai-je phantasmé sur ce couteau de cuisine dont elle pouvait se saisir où fut-ce pur stratagème pour la mettre en position d'accusée au regard des autres, au regard de la police ? Ma capacité à renverser la situation, à agir dans des situations d'urgence, avec une folle lucidité me sidère. Mon esprit trouve une échappatoire pour me permettre de me victimiser et installer une scène et ses artifices dans l'instant. Suis-je donc si roué ?

15 septembre

Réconciliation

Ils se comportaient l'un et l'autre comme des ennemis qui s'aimaient
Les frères Karamazov - Dostoïevski

J'ai envoyé un mail à Sophie pour son anniversaire. Je lui propose de passer chez moi au prétexte de chercher quelques affaires et que l'on puisse parler.

Elle met comme condition à la reprise de toute relation que j'accepte d'aller rencontrer avec elle un conseiller conjugal. J'accepte, après réflexion, mais en précisant que ce sera pour un seul rendez-vous et pour solde de tout compte.

Elle est venue et je la sens désireuse de reprendre notre vie commune mais elle décide d'attendre l'issue de notre 'entretien conjugal'. Elle met beaucoup d'espoir dans cet échange avec un tiers.

Chez la psy

« Etre cruel et malfaisant, ne le lasseras-tu point de me persécuter ? Ne te suffit-il pas de m'avoir tourmentée, dégradée, avilie, veux-tu me ravir jusqu'à la paix du tombeau ? »
Choderlos de Laclos – Les Liaisons dangereuses – Lettre 161

Freud avait-il une femme ? Cela ressemble à une formule de Woody Allen mais la chute n'est pas drôle. Oui il en avait une mais à lire la démolition du mythe freudien par Michel Onfray, elle a été bien soumise quand Freud a enfermé sa fille dans une incestueuse destruction systématique de ses amours adolescentes pour en faire la vierge vestale de son culte. Et ce sont ces gens là qui se permettent de vous juger !

Je déteste les psys et bien évidemment si jamais ils lisent ces pages, ils sentencieront que c'est l'aveu de mon excessif 'surmoi'.

Bref, de bonne foi mais pour 'solde de tout compte', ayant refusé la médiation du TRGM (Très Respectable Grand Maître), qui avait proposé ses « fraternels services », j'ai accepté que nous allions rencontrer un conseiller conjugal d'aller consulter. Sophie a choisi une thérapeute 'neutre' de préférence à son Psy traitant. Le cabinet est situé près du cimetière de
Montparnasse. J'ai fait un repérage pour être à l'heure et ai proposé à Sophie que nous nous retrouvions au café. Elle arrive un peu tendue, j'essaie de détendre l'ambiance sans trop en rajouter, conscient de l'importance de cette entrevue pour elle. Je connais la bigoterie de Sophie envers les psys de tout acabit.

L'immeuble se révèle un dédale de couloirs,

ascenseurs, bâtiments, niveaux... On se croirait dans Brazil. Porte A, escalier XYZ, couloir 123... On n'en sort pas mais finalement nous arrivons devant la porte d'un modeste F2 qui sert de cabinet de consultation à la pythie.

Nous nous retrouvons coincés sur deux chaises raides dans une pièce de 10 m². Tous les murs sont revêtus de rayonnages de dictionnaires de psychiatrie, d'épais volumes portant des titres inquiétant sur des maux, des délires, des pulsions, des angoisses, des traumas... qui semblent menacer de s'écrouler sur nos têtes. Combien différente d'une salle d'attente de chirurgien dentiste où une musique d'ascenseur et des poissons rouges vous anesthésient à l'avance, le patient, ici, se rétrécit sous le poids accusateur de tous ces traités, le cou baissé comme une bête à l'abattoir. Maladresse ou conditionnement de la part de la thérapeute, me direz-vous ? Non, je crois surtout volonté d'installer la supériorité du praticien sur son patient.

L'amorce de l'entretien fut sans surprise. La psy, petite femme insignifiante, parle avec componction, comme si tous ses mots étaient lourds de sens. « Expliquez-moi pourquoi vous venez me voir » demande l'oracle avec une factice simplicité. Je cède la parole à Sophie sachant qu'elle jouera l'Avocat général et qu'il convient que je cale ma défense sur son attaque pour contrer le jugement déjà prononcé de la thérapeute, plein de mots compliqués pour stupéfier le patient.

Sophie fait un récit, d'autant plus efficace qu'elle évite le pathos, rassemblant les faits, réclamant la 'verbalisation', attendant de cet entretien, avant tout, que je reconnaisse mes torts pour pouvoir reconstruire, nous reconstruire. Je la sais sincère dans son besoin de 'faire son deuil' en mettant des mots, en décrivant par le plus menu détail son traumatisme, en revivant pour l'exorciser notre bagarre si laide, si sordide. Expiation, non, confession, elle attend que je me confesse. Tout ce barnum me semble à la fois salvateur et masochiste car je connais trop sa pulsion pour gratter ses plaies morales jusqu'à l'inflammation et il est exclu que je m'auto flagelle devant une inconnue. Cette mise à nu de ma psyché est indécente.

La psy me fixe d'un regard qui se veut pénétrant, en se livrant au petit jeu de « Soit tu évites mon regard et tu mens, soit tu me fixes avec trop d'intensité et tu mens aussi ». Je renvoie un regard neutre à son œil inquisiteur, et explique sans émotion particulière que je suis venu pour honorer mon engagement à l'égard de ma compagne, mais sans illusions sur l'utilité d'un tel entretien. Un détecteur de mensonges aurait témoigné de ma parfaite indifférence lors de cette assertion. Je sais que cette déclaration liminaire m'aliène d'emblée l'analyste mais peu me chaut car devant être brûlé sur le bûcher freudien autant souffler sur les flammes !

Je perds un peu le fil ensuite de leur conversation. Mon regard parcourt les rangées de bouquins. J'aime beaucoup les livres mais ceux-là, bien rangés, sans une once de poussière ne me sont pas sympathiques. J'entends Sophie et la desservante de Freud converser sur un ton de confessionnal, complices. Je suis rappelé à l'ordre par une question sur mon rapport avec mon fils Paul. Diable, la psychothérapeute fait son attaque d'estoc sans préliminaires !

Je botte en touche, revendiquant avoir, d'emblée, informé ma compagne sur le caractère exclusif de ma relation avec mon fils dont je suis séparé contre mon gré.

La 'shrink' s'engouffre, avec gourmandise, dans la brèche, et statue à une relation père-fils narcissique enfermant l'objet/victime de mon amour et, pour faire bon poids, à une pulsion incestueuse vers et de ma fille dont l'origine est un Œdipe non surmonté. Alléluia ! Le diagnostic est posé. Merci Sigmund, le couple inceste et Oedipe est en place, l'analyse va pouvoir démarrer !!

Je ne lui scelle point (j'adore ce mot) ironiquement ma 'surprise' d'une affirmation aussi définitive au sortir d'un entretien de dix minutes.

La dame est pressé de 'faire la vente' et elle sait compter sur l'appui de l'adoratrice du culte du 'déshabillez moi le MOI' qu'est ma Sophie. Il lui reste un quart d'heure pour établir la feuille de route au long cours de la déconstruction/reconstruction/démolition/ reconstruction (ad libitum et ad nauseam) du petit théâtre psychanalytique. Elle ne relève pas mon insolence et n'entend pas ma colère froide.

« Bien évidemment, on ne pourra aller au bout de votre difficulté de couple en une séance et il faut que je vous revoie » ajoute-t-elle sur de son fait comme une institutrice qui clôt une classe de maternelle en faisant noter les devoirs pour le lendemain.

Je regarde ma montre de manière volontairement impolie et lui dis calmement mais fermement, mettant fin à l'entretien que, comme je l'avais déclaré en introduction à notre échange, « Cet entretien » (j'emploie à dessein ce mot pour éviter les termes séances… à connotation médicale et sérieuse) « est, pour ce qui me concerne, le premier et le dernier. Je suis venu à la demande expresse de ma fiancée pour montrer ma bonne volonté mais vos jugements hâtifs, pour le moins, pour ne pas dire non sérieux, m'enlèvent toute velléité d'engager une analyse avec vous. »

Sophie est figée comme la femme de Loth par ma sortie. Je me saisis de mon chéquier pour siffler la fin de la récréation et lui demande une facture pour symboliser le caractère mercantile de notre échange.

Nous prîmes l'ascenseur dans un silence pesant que je romps en rappelant à Sophie que je l'avais prévenu que c'était une « séance pour solde de tout compte » et que « c'était à nous de surmonter nos difficultés et non pas de nous réfugier dans une thérapie au long cours ».

Sophie qui est suivie par son psy depuis quinze ans ne comprend pas ce raisonnement bien évidemment mais qu'y puis-je ?

2013

Février

TS (tentation suicidaire)

Cependant, je commençais à écrire par vanité, par cupidité et par orgueil.
Je conformais mes écrits à ma vie
Confessions – Tolstoï
Je viens de découvrir le cahier où Sophie consigne ses pensées intimes. Je suis allé à la dernière page avec un pressentiment. Elle y écrit qu'elle « est épuisée par ma froideur et a décidé de me fuir pour survivre». Cette formule est bien dans le ton de ses formules culpabilisatrices et je n'y prendrai pas trop d'attention si elle ne m'avait annoncé lundi dernier que son médecin, mais j'ai compris que c'était son

psy, lui avait prescrit des antidépresseurs.
J'ai fouillé dans ses papiers et ai trouvé une ordonnance de Prozac du docteur Dufer.

Ma première réaction quand elle m'a annoncé cette prescription avait été de lui recommander d'éviter de tomber dans une camisole médicale et de se reprendre. Je lui avais même proposé que nous allions ensemble à Naples comme on en avait déjà parlé pour lui redonner une ligne d'horizon pour continuer à marcher à mes côtés.

A l'issue d'une discussion orageuse, elle m'avait fait la semaine précédente, angoissée par mon départ prochain en vacances de ski avec Paul une scène délirante, se précipitant dans l'escalier à moitié nue. L'ayant à grand mal convaincue de rentrer dans l'appartement, elle se mit alors à sauter sur le lit comme un cabri, en criant « Je suis folle, je suis folle,... », puis menaça de briser la vitre de la fenêtre de la chambre de son poing. Ce geste, elle me l'avait narré, elle l'avait accompli lors d'une dispute avec son premier fiancé. Elle reprochait son fiancé son caractère 'plan plan'. Elle l'avait ainsi abandonné à l'occasion d'un stage de plongée à Hurgada, se jetant dans les bras d'un moniteur allemand, véritable Hercule avec lequel elle faisait des plongées profondes. Je réalisais alors que les cicatrices qu'elle portait sur les mains étaient le souvenir de ce geste de colère.

Les pleurs suivirent ce paroxysme délirant ; elle

tomba dans l'abattement se prostrant, en position fœtale dans le lit en demandant pardon à sa mère et à sa fille « pour le mal qu'elle allait leur faire en se suicidant ». Elle jouait son propre suicide pour se faire peur et se donner la force d'y renoncer. Pour que je la réconforte.

Mars

Partie !

Rentré des vacances de ski avec Paul, je trouve l'appartement déserté.

Sophie a emporté ses affaires et laissé en mode de mot d'adieu deux photos des impatiences que nous avions planté au printemps sur le balcon ; impatiences, quel nom prédestiné ; sur la première photo, les fleurs sont superbes, sur la seconde, victimes d'un coup de gel, elles sont liquéfiées.

A vrai dire, je m'attendais au départ de Sophie. Son départ dénoue une impasse. Je ne pouvais que la rendre malheureuse. Elle sera peut-être moins malheureuse sans moi.

Je suis un récidiviste. C'est la deuxième femme avec qui j'ai vécu, qui a déménagé à la cloche de bois. La première était la mère de Paul. Je ne me sens pas coupable pour autant de son départ.

Pour être sincère je suis soulagé.

Quel calme après ces mois d'épuisante guerre de tranchées sentimentale.

Procès de Moscou, version maçonnique (début)

'Et il fallait voir mon oncle Sosthène offrir à dîner à un franc-maçon. Ils se rencontraient d'abord et se touchaient les mains avec un air mystérieux tout à fait drôle… Puis mon oncle emmenait son ami dans les coins, comme pour lui confier des choses considérables ; puis, à table, face à face, ils avaient une façon de se considérer, de croiser leurs regards, de boire avec un coup d'œil comme pour se répéter sans cesse : « Nous en sommes, hein ? » Mon oncle Sosthène - Maupassant

Je reçois un mail d'un Grand Officier de mon obédience qui demande à me voir rapidement pour parler du cas « d'une sœur. » Je comprends que Sophie a fait état de notre séparation au Grand Maître, qui a déjà voulu jouer les conseillers conjugaux lors d'une précédente crise, et dont j'avais refusé la médiation.

Ce Grand Officier dirige une société de conseil en stratégie dans le privé et affecte de blaguer en permanence. Goguenard, il surjoue l'histrion multipliant les plaisanteries. Ses facéties dissimulent un caractère envieux et rancunier, beaucoup de morgue et d'ambition. Penser que les autres sont dupes de ses pitreries me semble être méprisant.

Notre premier contact avait été difficile. Il jouait de sa réussite professionnelle pour m'en imposer et nous nous comportions comme deux coqs dans la même basse-cour. Je pris le parti de faire le premier pas pour pactiser et repartir sur de nouvelles bases mais cette réconciliation fraternelle ne m'a jamais illusionné sur le fait que je l'énervais sensiblement.

Le fait qu'il accepte de jouer non pas les médiateurs mais les juges ne me surprend qu'à moitié.

Je comprends que Sophie a partagé ses difficultés de vie avec moi et sa décision de me quitter. Je trouve un peu cavalier alors qu'il ne l'a jamais aidé dans sa recherche de clients de jouer les défenseurs. Cette démarche m'insupporte et m'amuse à la fois et je me fais un malin plaisir à répondre à son mail de convocation peu fraternel mais très professionnel par un mail très fraternel lui demandant l'objet de sa proposition de rendez-vous.

D'ici qu'ils engagent une procédure d'exclusion à mon égard, il n'y a qu'un pas qu'il m'amuserait qu'ils franchissent car je me ferai alors un malin plaisir à engager de la procédure contre eux vu le manque de rigueur de la gestion de l'obédience.

Comme toujours quant 'cela sent la poudre', je suis à mon affaire. Cela me rappelle ce passage de la Chartreuse de Parme où Fabrice, après avoir subi un cheval de paysan qui baissait les oreilles au son du 'brutal', achète un cheval d'officier qui va au feu ventre à terre.

Le procès de Charles Kafka (suite)

J'avais beau jouer les matamores hier soir, cette affaire m'a contrarié ; j'ai commis l'erreur de prendre deux cafés serrés au déjeuner ; malgré un somnifère je n'ai pu dormir que vers trois heures et en ai profité pour lire 'Les gnostiques de Jacques Lacarrière', sujet sur lequel je prépare une planche pour avril, planche que je crains que le Grand mamamouchi annule pour faire de moi un nouveau Papageno.

Le Commissaire politique m'a appelé ce matin pour me dire qu'il était chargé par le Vénérable Grand Maître d'enquêter sur des manquements à l'éthique maçonnique suite à la saisine par courrier des instances disciplinaires de l'Obédience.

SM m'attaque devant la communauté des Frères et Sœurs, campant en victime dans l'espoir de me voire ostracisé.

Je rappelle à ce frangin que je considère mes affaires 'conjugales' comme relevant de la sphère privée et n'entend nullement les partager avec lui. « On peut les partager avec un prêtre, un policier, un conseiller conjugal, un proche, un psy, selon les cas mais pour accepter de les partager avec le VGM encore faudrait-il que j'admette que les assertions de Sophie relèvent en effet de la 'justice maçonnique' et qu'il faille m'en défendre.

Il admet d'emblée que les affaires privées ne le regardent pas et se met 'sur le reculoir'. J'ajoute pour clore la discussion : « J'ai moi-même pris l'initiative de décider de changer de loge bleue pour laisser Sophie bénéficier de votre soutien, j'irai travailler dorénavant dans la loge L'acacia ; j'attendais plutôt un remerciement pour cette attitude soucieuse de l'harmonie de l'obédience que cette convocation. »

Pour l'heure, au nom du principe du contradictoire, j'entends bien recevoir copie de cette missive et, au vu des accusations portées, je leur répondrai pour démontrer l'inanité des faits invoqués, s'ils relèvent en effet de la morale maçonnique, ou m'en justifier s'ils sont avérés. Je conclus par un ferme avertissement : « SM est avocate, elle sait ce que signifie porter des accusations. Elle a pris ses responsabilités. Je prendrai les miennes. ».

Le frérot se défend maladroitement d'agir en juge, m'indiquant que le Conseil de l'ordre n'est pas encore formellement saisi, qu'il est chargé de me voir pour lui faire rapport. Je lui rétorque : « Tu agis de fait comme un juge d'instruction ! » Je campe sur ma position et rabaisse son caquet. Après un silence, j'ajoute le coup de pied de l'âne : « Pour ce qui concerne l'éthique maçonnique, tu entends bien que je suis serein et que je n'ai pas de leçons à recevoir de toi ». Dépité, il me dit qu'il va donc transmettre au TRGM ma réponse. « Je t'embrasse. » lui dis-je en signifiant la fin de la conférence téléphonique assurant à nouveau mon contrôle de l'échange en raccrochant. Cela me rappelle la scène hilarante du Dictateur de Chaplin où Garbage /Goebbels prépare une chaise basse pour que Charlot/Hitler puisse dominer Mussolini qui s'assoit sur le coin du bureau.

J'ai surtout brûlé mes vaisseaux…

Mon premier mouvement est de consigner cet échange par mail au VGM mais je me retiens car connaissant le caractère militaire de l'intéressé, ce formalisme l'obligera à engager une procédure formelle tandis que je les soupçonne de préférer 'enterrer le sujet'.

On écrit toujours trop vite.

Je décide de les laisser revenir à moi sachant que je vais croiser le VGM demain dans une réunion inter obédientielle dont je suis secrétaire général. S'ils engagent une procédure disciplinaire, notre

Fouquier-Tinville, au petit pied, a compris que j'étais prêt à la cautèle. Comme je viens de recevoir notification d'un contrôle fiscal, l'idée que Sophie, connaissant mes petits arrangements, m'ait aussi balancé au fisc me traverse l'esprit mais je ne la crois pas capable de ces petitesses. J'espère aussi que sa prudence d'avocat face à une mesure de rétorsion devant le Conseil de l'Ordre, et le fait qu'elle ne soit pas non plus sans reproche sur le chapitre fiscal, m'évitera cette médiocre vengeance mais du TRGM rien n'est impossible car le contrôle fiscal inopiné fait partie des basses œuvres.

28 mars

Eve, née de la côte d'Adam

« Alors Yahvé Dieu fit tomber un profond sommeil sur l'homme, qui s'endormit. Il prit une de ses côtes et referma la chair à sa place. Puis de la côte qu'il avait tirée de l'homme, Yahvé
Dieu façonna une femme et l'amena à l'homme. »
Genèse 2-21

Je suis allé skier pendant les vacances de février avec Paul.

Le dernier jour, pendant un cours collectif, je suis tombé bêtement, à l'arrêt, après m'être emmêlé les skis avec le moniteur, sur mon bâton et je me suis froissé quelques côtes. J'ai fini la journée de ski avec le souffle coupé par la douleur.

La statuaire religieuse médiévale représente Eve jaillissant de la côte d'Adam endormi. J'ai rencontré il y a quelques jours une jolie femme, et je m'amuse à me dire que comme Eve était née de la côte d'Adam, elle est née de ma côte guérie.

Par hasard, lors d'une soirée maçonnique ouverte aux profanes, j'ai croisé le chemin d'une très belle femme. Brune, la peau mate, maintenant je sais qu'elle est espagnole par son père, le sourire radieux, le nez légèrement busqué, les mains très belles, longues, déliées, j'ai appris aujourd'hui qu'on lui avait proposé de faire du mannequinat des mains, le corps très mince, juvénile tant sa poitrine est menue. Le visage est très jeune, quelques rides de sourire au coin des yeux, me font hésiter sur son âge, une grande trentaine selon moi, quarante deux annonce- t-elle tranquillement lors de notre dîner. Je la sentais sereine, en rien intimidée mais je compris que je lui plaisais sans pouvoir en déduire encore un espoir. Je décidais de la revoir et pris un prétexte pour échanger nos cartes de visite. Dés le lendemain matin, je l'appelais en m'excusant. Elle me répondit avec beaucoup de chaleur, acceptant un déjeuner que je lui proposais dans quinze jours car elle me disait penser descendre 'dans son midi natal'.

Elle s'appelle Sophie également. Cela m'évitera les impairs, fut ma goujate réflexion in petto.

Je vais l'appeler Sophie2.

Nous échangeâmes quelques sms de bonne civilité avant que je ne tente de débusquer ses sentiments par une manœuvre audacieuse et égoïste. Elle porte un nom double qui semble être celui d'une femme marié, et, comme elle est juriste, je pensai qu'elle était divorcée et, a contrario, si elle était mariée et acceptait mon invitation, autant le savoir pour mon plan de bataille de séduction.

Je lui laisse le sms suivant : « Sophie. Je dois vous avouer que je pense beaucoup à vous depuis notre rencontre. Je vous écris cela pour vous laisser libre d'annuler notre déjeuner. Si vous le maintenez, ce que j'espère, soyez sans craintes ; je suis respectueux et bien élevé et saurai vous parler, pas uniquement de mon cœur mais de ce qui fut le prétexte pour vous inviter : la FM… »

Ne recevant pas de réponse, au bout d'une journée, je pense qu'elle a soit perdu son téléphone soit qu'elle est offusquée par ma hardiesse et soucieux de savoir si je devais maintenir le déjeuner, je lui envoie un second sms :
« Sophie. Votre silence me fait craindre vous avoir heurtée par ma franchise. Pardonnez ce que votre beauté et votre sourire on inspiré, bien malheureusement, à un cœur solitaire. Puis- je

espérer que vous acceptiez de recevoir de vive voix mes excuses et mes regrets sincères si je vous ai offensée ? Je vous promets bien évidemment de cesser toute correspondance si telle est votre décision. Merci de votre réponse. »

Restant sans réponse, je prends le parti le dimanche soir de l'appeler directement sur son portable craignant de la déranger au milieu de ses enfants. Peu probable, quelque chose en elle me suggérait qu'elle n'avait pas d'enfants mais un amant.

Elle me répond d'une voix vive et gaie, me disant revenir de la campagne où son téléphone ne portait pas, qu'elle n'est pas fâchée, que je suis si 'mignon' (sic) dans mes messages et que 'bien sûr on se voit'. Cette aisance à maintenir un rendez-vous avec un homme qui, avec même dans une forme très littéraire et pudique, lui annonce vouloir lui faire la cour, ne me réjouit pas car cela signifie qu'elle est sûre d'elle-même et ne crains pas de succomber à ma séduction. Je suis tentée dans la soirée d'annuler le déjeuner car à quoi jouer les 'jolis cœurs' avec une belle intransigeante ? Je décide de maintenir le déjeuner finalement par bonne éducation car envoyer un sms d'annulation à vingt-et-une heure pour décommander un déjeuner après avoir fait montre de ma beauté d'âme est assez cuistre. Et puis, surtout, comme je n'ai pas fait la cour à une femme depuis quatre ans, il faut que je refasse mes gammes. Nouveau Valmont, je me fais le défi de faire céder la belle en la détournant de son attachement présent. C'est un combat qui, quel qu'en soit l'issue, me préparera utilement à des joutes amoureuses nouvelles si je ne la séduis pas.

2 avril

Gnose

« Faites mourir la mort... Il vous faut partager la mort afin de l'épuiser afin de la dissoudre pour qu'en vous et par vous meure la mort »
Valentin, actif à Rome vers 135

J'ai invité Sylvie2 à déjeuner. Nous avons parlé pendant deux heures à table dans un restaurant de poissons sur la place Colette puis, profitant du soleil printanier, je lui ai proposé de remonter les jardins des Tuileries pour poursuivre notre échange. Il m'a fallu tout le temps du déjeuner pour la faire passer au tutoiement. Comme elle m'a dit à nouveau être heureusement engagée dans sa vie privée, je ne tente pas de lui prendre la main. Je me suis contenté de toucher son poignet pendant le repas prenant prétexte de regarder son bracelet. Je me fis un peu l'effet de Tartuffe tâtant l'étoffe de la robe d'Elmire. Je frôle son épaule, ma main glisse un peu sur son bras dans un mouvement calculé de conviction. Elle me sourit à chaque instant, je lui souris aussi beaucoup. Nous sommes gais tous les deux. Elle fait son premier mensonge devant moi ; recevant un appel personnel d'un ami, elle prétexte d'un engagement pour se libérer d'une invitation à prendre le café. Elle m'a dit plusieurs fois me trouver 'jeune' et comme je m'en défendais, avec une coquetterie jouée, elle avoue à nouveau, complaisamment, son âge, quarante deux ans, et me révèle avoir eu une liaison avec un homme de cinquante sept ans, plus âgé qu'elle de presque trente ans à l'époque, comme pour me rassurer sur ce que je pouvais encore la séduire. Nous marivaudons, c'est si français et agréable avec une femme intelligente.

Nous parlons de nous. Je lui explique que Sophia est dans la Gnose une création à la fois divine et terrestre, donc bonne et mauvaise, envoyée aux hommes pour leur transmettre une parcelle de l'étincelle de divinité. Je lui parle d'Alexandrie, des gnostiques, de Simon le Magicien, sans trop développer leurs pratiques érotiques de 'mangeurs de sperme', car cela v me semble un peu audacieux et peu séant mais je lui promets de lui envoyer la planche que je me semble un peu audacieux et peu séant mais je lui promets de lui envoyer la planche quand elle sera achevée.

Je la quitte à la bouche du métro Franklin Roosevelt. Ne voulant pas lui faire la bise comme à son arrivée au restaurant, elle hésite, me tend sa main que je garde un instant dans la mienne et dont je baise le dos.

Je lui envoie un sms en fin d'après midi pour lui proposer quelques expositions à voir car elle a refusé de venir dîner chez moi, craignant le piège ou un risque d'abandon de sa part, mais accepté de me revoir dans un lieu public.

Elle me répond très vite : « Merci pour ce délicieux déjeuner en votre compagnie. Je vous tiens au courant de mon éventuel séjour dans le Sud. Je vous embrasse. Sophie »

Je lui fais cet ultime sms : « Merci de votre/ton message. Troublant ce passage de l'un à l'autre où le vous est aussi intime que le tu... Je vais continuer mes 'œuvres littéraires' avant de voir la fin d'un film de Fellini et m'endormir avec votre/ton sourire. J'embrasse la paume de tes mains. Charles »

Inquisition (fin)

« C'est le fait d'un homme sage de tirer profit de ses ennemis »
Xénophon cité par Plutarque dans 'Comment tirer profit de ses ennemis'

La justice maçonnique s'est mise en branle. Le TRGM m'appela pour exiger de me voir. Énervé par ma réticence à venir plaider ma cause, il m'avait menacé au téléphone de « nous suspendre tous les deux ».

Je finis par accepter de le rencontrer pour ne pas compromettre l'avenir de Sylvie au sein de l'obédience.

Je reçus une convocation par courrier recommandé reçu le jour même.

Quoi que je m'en défende, cette rencontre m'avait stressé et j'avais du prendre un somnifère pour m'endormir tant je tournais et retournais les propos que je me proposais de lui tenir le lendemain.

Au téléphone, il m'avait parlé de mains courantes, de certificats médicaux ; j'avais donc appris que Sophie, avocate, avait constitué un vrai dossier à charge contre moi.

Dans le métro qui me conduit chez lui, j'affûte mes arguments pour démontrer l'impossibilité pour lui de prendre une décision fondé sur des faits relevant de la vie privée. J'arrive confiant au rendez-vous.

Je suis surpris de me retrouver non pas en tête à tête comme annoncé au téléphone mais dans une formation de jugement, une sœur et à un frère de servir de coadjuteurs. Après une brève introduction un peu confuse, en forme de réquisitoire, il m'informe, sans me laisser un droit de réponse, des son diktat : je suis 'suspendu', et donc interdit de toutes activités au sein de l'obédience, avec effet immédiat.

Il avait pris son ton le plus martial, le menton en avant comme Mussolini. Mon calme et mon aplomb pendant son acte d'accusation l'avait insupporté ; il avait du mal à maîtriser sa colère de ne pas me voir trembler devant lui mais contestant pied à pied ses affirmations.

Je tentais alors de présenter quelques informations factuelles pour montrer la partialité d'une telle décision unilatérale et même conservatoire. Il en vint alors à reprendre les arguments de Sophie, citant les détails de notre dispute, expliquant qu'il avait appelé les voisins de palier, mené l'enquête... Poussé à bout d'arguments, il en vint même à produire l'article sur les Pervers narcissiques du Nouvel Observateur comme une pièce majeure, définitive, décisive. Je rejetais vers lui négligemment le magazine qu'il avait jeté comme la fausse lettre incriminant Dreyfus sur la table du salon, indiquant mon absence de surprise qu'il le produisit tant il était de parti pris.

Il me menaça me disant que si j'étais libre de ne pas accepter la sanction de suspension et de la contester mais que cette publicité l'obligerait à publier auprès de tous les frères et les sœurs les motifs de sa décision qui pouvait sinon rester confidentielle. Vu les papotages des FF et SS, je n'avais aucune illusion sur une prétendue confidentialité et je répondis fermement que je ne laisserai personne attenter à mon honneur.

Je voulus profiter de cet entretien pour déceler les véritables intentions de Sophie. « A-t-elle l'intention de déposer plainte ?' Demandais-je benoîtement « car, si elle dépose plainte, moi aussi je déposerai plainte et moi aussi j'ai un certificat attestant des coups reçus et une main courante ». Je dis cela sachant que cela ne changerait en rien son jugement déjà formé mais que ces informations seraient portés à la connaissance de l'intéressée.

Je comprenais que Sophie avait besoin pour faire son deuil de notre couple de cette exécution en place publique maçonnique mais j'étais bien décidé à ne pas aller en chemise tel un bourgeois de Calais devant leur simulacre de justice avec le TRGM dans le rôle de Torquemada.

Ce dernier avait de plus en plus de mal à se maîtriser et me dit qu'il savait que j'allais essayer v de le manipuler aussi, qu'il avait vu une émission de télévision sur les PN. Il me regardait avec un mélange d'ire et de crainte, comme un serpent. Il ne savait pas comment me faire mettre un genou à terre ; il avait anticipé que ma maîtrise de moi-même céderait devant leur trinité judiciaire mais je restais de marbre ; il perdait un peu la face devant ses grands officiers ; il lui fallait conclure rapidement pour que sa déroute ne soit pas trop flagrante.

« Tu es trop intelligent et tu connais trop bien la maçonnerie pour ne pas comprendre la portée de ma, notre, se reprit-il maladroitement, décision ». Il se mit d'un coup sur un autre registre se voulant fraternel me suggérant « de me soigner ». Un calme olympien, pire un mince sourire, était la réponse la plus vexante que je pouvais lui faire. Je ne relevais donc pas la recommandation thérapeutique ; avec presque du mépris dans la voix, et pour garder la main sur l'entretien, je lâchais : « Je pense que l'on s'est tout dit ».

Pour faire bon poids, il me reprocha d'avoir désespéré et poussé presque au suicide, une autre sœur, « une de plus » affirma-t-il. « Décidément, je suis mortifère », pensais-je, en mon for intérieur. Oui, je me souvenais de cette sœur qui, officiant comme experte, avait mis un joyeux bazar dans une tenue et à qui lui, non pas moi, avait reproché son manque de connaissance du rituel. J'étais bien au contraire allé la réconforter après la tenue et il me faisait reproche de ses propres torts ! Je ne répondis même pas à cette dernière et bien vaine attaque car aucun d'entre nous n'était dupe de son mensonge et de sa mauvaise foi qui affaiblissait son réquisitoire précédent.

Je préférai mettre son irritation à son comble, en empochant calmement les pièces à conviction produites par Sophie, comme si nous conclusions une banale réunion d'affaires. « Bon, si je résume, tu me suspens, tu attends que je produise des pièces pour me justifier devant le Conseil de l'Ordre alors que tu m'as déjà condamné... Cette suspension prend-elle effet pour l'Obédience ou pour toutes les autres obédiences ? »

Je connaissais la réponse mais voulus lui faire dévoiler ses batteries.

« Pour toutes les obédiences avec lesquelles nous sommes en relation à l'exclusion de la GLNF » fut sa réponse sans surprise car son obédience est schismatique de la GLNF et les rapports sont haineux entre les grands chefs à plume malgré la supposée fraternité mutuelle

« Attends-tu que je démissionne ? »

Je connaissais la réponse. Il voulait me faire passer devant sa petite Inquisition pour m'humilier, donner la satisfaction à Sophie des tourments que j'allais endurer. Pourquoi pas le supplice de l'eau, pendant qu'on y était !

« Non, surtout pas ! » fut sa réponse spontanée que je sentis qu'il regrettait la vivacité de sa réponse qui trahissait la faille du dispositif de redressement public.

Nous étions en pleine révolution culturelle, il fallait que je sois cloué au pilori avec une planchette autour du cou portant mes crimes écrits.

Pour le tromper sur mes réelles intentions, je lui dis que j'allais donc répondre point par point par écrit aux accusations de Sophie. « Prend ton temps » me dit-il car il était soucieux que les formes de l'exécution déjà jugée soient respectés. Il voulait faire sérieux et donner l'illusion d'une décision collective. « Ma réponse sera rapide » fut ma réponse tranquille et je me levais signifiant que l'entretien était terminé. Je lui donnais congé, chez lui, devant ceux à qui il avait voulu apparaître tel un Jupiter tonnant.

Nous nous serrâmes la main sans sourire mais l'absence de bise fraternelle en disait long sur nos sentiments mutuels. J'eus l'impolitesse de ne pas saluer les coadjuteurs sachant qu'ils allaient dégoiser à loisir sur mon compte.

« Je vais te demander comment va Sophie mais tu ne vas pas me répondre » fut ma dernière parole. « Non, tu ne penses quand même pas que je vais te répondre » rétorqua-t-il courroucé. Ite missa est diraient les chrétiens, retour au monde profane disent les FM.

Démission

« Ce héros ne s'inquiétait pas plus des calomnies que d'une mouche vrombissante »
Homère cité par Plutarque dans 'Comment tirer profit de ses ennemis'

Je rentrai chez moi en Vélib, histoire de m'oxygéner de ces échanges qui me faisaient penser à un remake mal joué des Rois maudits, la série télé en noir et blanc.

J'envoyai ma démission par lettre recommandé dés 13 :00.

«Monsieur,

Par la présente je vous informe de ma démission de l'obédience … avec effet immédiat. Je lui rappelais ensuite vicieusement les dispositions de droit relatives au secret des correspondances et que toute délation publique de sa part pouvait juridiquement être sanctionné comme un délit de diffamation. Connaissant la prudence d'avocate de SM, cela les obligerait à la discrétion.

Veuillez accuser réception

Meilleurs sentiments »

J'avais adopté un style de missive commerciale comme si j'écrivais à un SAV ce qui était une ultime provocation mais je ne citais surtout pas la rencontre du matin ni les motifs de ma démission. Cette démission lui interdisait de prendre juridiquement la moindre sanction sauf à l'antidater et, s'il prenait une telle décision, je me ferai un plaisir de lui dire qu'elle est nulle et non avenue.

J'ai immédiatement pris l'attache d'un frangin pour aller me loger dans une autre obédience afin ne pas laisser le TRGM m'empêcher de poursuivre mes activités au sein de la Fraternelle que je viens de créer.

J'ai fait part de ces épisodes grand guignolesques à la mère de mes filles qui, sortant d'un divorce très pénible avec un manipulateur, est trop indulgente et ne peut pas croire que je sois un pervers narcissique. J'insiste « Ne me vois pas de manière positive » car à la fois je ressens le besoin d'être honnête avec elle et, ce aussi par calcul, car je sais que cela la conduit à m'assurer de son soutien dans ces circonstances. De fait, elle m'envoie un mail faisant état des conduites hystériques de Sophie attestées par nos filles. Je classe son mail dans mon dossier précontentieux sachant que l'autre Sophie classe le moindre de mes sms et que comme l'a déclaré le Grand Pontife M :. « chacun de tes messages téléphoniques a été écouté et consigné ».

Demain matin j'ai RV avec Marie, une danoise que j'ai draguée dans l'exposition 'Degas et le nu' après l'impasse de mon intrigue avec Sophie 2.

Je me sens comme un parfait salop mais la vindicte de Sophie me permet et m'oblige à tourner la page. J'espère qu'elle saura faire de même mais j'en doute tant elle est dans un processus d'amour frustré.

Après demain, c'est vendredi et je vais chercher Paul à Lyon. La vie continue.

20 avril

Je suis un salaud

« Et j'ai eu l'impression bizarre d'être regardé par moi-même. »
Albert Camus – L'étranger

Je suis face au miroir de ce journal, salle des glaces qui me donne le vertige, tel Rita Hayworth dans la Dame de Shanghai d'Orson Wells. Stendhal écrivit qu'un roman est un miroir que l'on promène le long des routes, mon journal est l'eau sombre dans lequel je me reflète pervers Narcisse mais l'image que j'y vois, je ne l'aime pas, parce qu'elle est fidèle.

Avec ma complaisance, mon penchant pour l'auto flagellation, j'ai regardé hier soir le film muet de 1930 de John Robertson Dr Jekyll et Mr Hyde. Remarquable interprétation de John Barrymore jeune. A la fin Hyde tue le Dr Jekyll, l'héroïne pardonne, prend la main de son amant qui s'est perdu dans l'exploration de son vice. C'était comme une descente au cœur de la terre, il a trouvé le feu du mal qui est en chacun d'entre nous.

Il y a quelques semaines, je disais à Sophie, lucide,

que j'étais alternativement le Dr Jekyll et Mr Hyde. Je ne peux espérer qu'une chose, c'est qu'elle survive à ce traitement odieux auquel j'ai soumis sa nature déjà si fragile.

« Qu'est ce que l'enfer ? La souffrance de ne plus pouvoir aimer » écrit Dostoïevski dans les Frères Karamazov. Je dirais plutôt de « ne plus pouvoir s'aimer ».

C'est aussi tordu que le médecin d'Auschwitz incarné par Laurence Olivier dans Marathon man qui alterne la fraise de dentiste et l'extrait de clous de girofles pour faire parler Dustin Hoffman. J'ai alterné la douceur, la sensualité et l'attention avec la plus grande froideur. Personne n'aurait résisté à un tel traitement.

JE SUIS UN SALAUD.
JE SUIS UN SALAUD.
JE SUIS UN SALAUD.
JE SUIS UN SALAUD.
…

Je pourrais taper cette phrase sur des pages entières comme Jack Nicholson dans Shining, cela ne changerait rien au mal qui me submerge parfois.

Je pleure et pour la première fois peut-être je ne pleure pas sur moi mais sur le mal que j'ai fait autour de moi.

J'ai pris la résolution d'aller voir un psy malgré ma détestation de cette profession car je suis un danger public pour mes proches, ceux qui continuent, malgré tout, à aimer l'enveloppe charnelle et le beau parleur.

Je ne me supporte plus.

Je suis un Pervers narcissique.

Bonne nouvelle, je l'admets.

Mauvaise nouvelle, il parait que cela ne se soigne pas.

Cet aveu ne serait-il qu'une ultime perversité égotiste
?

(Le démon)
Semait le Mal sans jouissance
Et le Mal lui devint ennuyeux
Le Démon – Lermontov

Fin du journal d'un Pervers narcissique

Note du docteur Dufer sur le 'Journal d'un Pervers narcissique'

Ici s'interrompt le journal du patient Charles S. sans que l'on sache ce qui s'est déroulé ensuite entre lui et sa nouvelle conquête (Marie ?)... Un espace de quelques semaines séparent les dernières pages de son journal décrivant sa rencontre et sa décision de me 'consulter'.

Je joints ici les notes de mon premier entretien avec Pierre N. / Charles S. qui éclairent la lecture du Journal confession d'un PN.

Notes de premier entretien avec Monsieur Pierre N.

Premier contact pris par ma secrétaire, pas d'antécédents d'analyse

Le patient se montre très à l'aise mais cette aisance est un masque

Intelligence rapide

Très grande maîtrise du langage

Presque trop parfaite maîtrise gestuelle

Il ne fuit pas le contact visuel ni ne le recherche mais c'est plus étudié que naturel
Il part de très loin dans sa présentation, multiplie les incidentes, tentation de m'égarer ?
Divorcé, ayant eu un enfant plus jeune de quinze ans des ses filles aînées d'un second lit
Il parle de ses filles, un peu, de son fils beaucoup
Rupture douloureuse avec le départ « à la cloche de bois » de la mère de son fils
Il affiche son hostilité aux psychiatres mais dit s'être résolu « à cesser le déni car les derniers événements l'obligent à plus de lucidité »
Il teste sur moi d'emblée le terme de « pervers narcissique » déclarant que sa « fiancée » est partie après l'avoir accusé d'en être un
Rupture qu'il impute à l'incapacité de sa fiancée d'accepter qu'il se consacre à son fils pendant les vacances et les week-ends de garde, il reconnaît qu'il est peut-être trop « fusionnel » avec son fils mais estime excessives et même « hystérique » le comportement de sa compagne
C'est elle qui à, la première, brisé le tabou de la violence entre eux
Récit d'une violente dispute. Il reconnaît avoir été violent avec elle lors de la dispute finale, la traînant sur le sol,… mais se défend, expliquant que, suite à une paire de claques, il voulait la forcer à sortir de l'appartement sans violences mais par la contrainte et qu'elle a lutté

Il prétend avoir voulu protéger son fils de cette violence conjugale

Référence au traumatisme, enfant, d'avoir assisté aux violences de son père sur sa mère

C'est lui qui a demandé aux voisins d'appeler Police secours, pas elle !?

Son histoire comporte des incohérences, des non dits, il s'en rend compte mais il n'a pas encore accepté d'affronter la vérité.

Il est encore dans l'esquive mais je devrais pouvoir rapidement l'obliger à verbaliser sa culpabilité.

III

Journal de Sophie M.

Février

Journal

Je ne sais plus où va ma vie.

Sur la suggestion de mon psy, j'ai décidé de noter, dans ce journal, jour par jour, mes sentiments pour y voir plus clair en moi. Je noterai donc dans cette éphéméride, les bonnes et moins bonnes choses, qui m'arrivent. C'est comme le début d'une ascension. Je suis en bas de la pente.
Je vais aller courir car la fatigue m'apaise.
Je commencerai ce journal demain

Rupture

J'ai quitté Michel il y a un mois maintenant. Ou plutôt Michel est parti. Enfin, nous nous sommes séparés.
Notre relation fut un feu de paille sensuel pour lui, un espoir, un si grand espoir, déçu pour moi.
Je l'avais rencontré chez des amis. C'était en juin 2008. Séparé de sa femme, il venait d'obtenir le

divorce. Ses deux adolescents, garçon et fille, avaient préféré vivre avec lui. Je vivais alors seule avec ma fille, gagnant difficilement ma vie avec quelques clients ayant du interrompre du jour au lendemain ma collaboration au sein d'un cabinet d'avocats poursuivis pour malversations.

Michel me faisait l'amour au début chaque jour, plusieurs fois par jour le week-end. Son désir s'épuisa en moins d'un an. Il prétexta ses aller et retours journaliers pour aller travailler de Paris sur Rouen où était son entreprise pour justifier sa baisse de libido. Il m'avait demandé d'arrêter mon métier d'avocat pour, femme au foyer, m'occuper de ses deux enfants, dont il avait la garde, et de ma fille. Il gagnait bien sa vie et j'avais, sottement, accepté.

Famille recomposée, nos trois adolescents s'entendaient bien.

Michel était grand, très sportif, m'entraînant dans des harassants joggings le week-end.

Je découvris qu'il m'avait trompé en septembre 2009 avec une cliente lors d'un voyage d'affaires à New York. Fouillant son costume, j'avais trouvé la facture de la même bague qu'il m'avait achetée pour mon anniversaire, l'année de notre rencontre. Il parait que Sarkozy offre aussi un modèle unique de bague pour ses ex et nouvelles conquêtes légitimes ou non.

Tous les Casanova sont-ils aussi paresseux et mufles ?

Je dépensais mes maigres économies pour passer en amoureux le Noël 2009 à Londres, espérant sauver notre couple après qu'il ait reconnu ce qu'il qualifia de passade.

Après une journée heureuse passée à visiter, la main dans la main, boutiques et musées, de retour à l'hôtel, le 24 au soir, il décida de téléphoner à ses enfants, soit disant pour être certain de les joindre chez leur mère. Je lui avais demandé d'attendre le jour de Noël car cela porte malheur d'appeler la veille de Noël et c'était notre soirée.

Il n'a pas compris mon désarroi et nous nous sommes alors violemment disputés et j'ai décidé de jour là de le quitter.

Nous avons cohabité encore quelques mois, le temps qu'il se trouve un nouvel appartement, lui sur le canapé, moi dans la chambre, les enfants, déjà désunis, chacun à un bout de l'appartement.

Je dois maintenant reprendre mon métier d'avocat pour gagner ma vie, après presque trois années sabbatiques, subies, pour faire face à la charge de cet appartement sur le Champ de Mars, devenu bien trop grand et trop cher pour moi. Je vais me battre, comme quand j'ai quitté le père de ma fille âgée de deux ans, comprenant que j'avais fait une erreur en me laissant aimer, sans aimer moi-même. Mère courage, et plus 'Desperate housewifes', dorénavant !

Avril

Boulot, boulot.
C'est dur de retrouver des clients. Mes anciens

clients, sauf quelques rares fidèles, m'ont oublié. Nous sommes plus de vingt deux mille avocats à Paris dont beaucoup smicards. Je ne gagne même pas le smic...

Mai

Franc Maçonne

Ce soir, j'ai été initiée au sein de la GLTS.

Comme nous étions plusieurs initié(e)s, le Vénérable Maître s'était fait assister de plusieurs Frères et Sœurs. En face de moi, à l'Orient, se tenait un homme, de mon âge, qui me regarda de manière bienveillante et presque tendre pendant la cérémonie ; c'est lui qui procéda à mon initiation, répétant à son tour les paroles du VM. Je n'ai pas tout compris de la cérémonie, mais on m'a dit que je comprendrais bientôt la symbolique du rituel.

A la fin de la tenue, chacun des Frères et Sœurs sont venus nous faire la bise fraternelle en nous félicitant. L'inconnu qui m'avait initié est venu vers moi le dernier, attendant que nous soyons presque seuls dans le temple, pour se présenter et me demander mon nom. J'espérais, je m'en rends compte en écrivant ces phrases, qu'il viendrait. Je lui donnai ma carte de visite. Je garde son visage en moi ce soir avec le souvenir ému mais confus de cette cérémonie.

Appel

Charles, puisque c'est son prénom, m'a appelé aujourd'hui pour m'inviter au dîner de gala annuel d'une organisation inter obédientielle qui aura lieu dans les salons de l'Hôtel de Ville. Sa voix était gaie, chaleureuse, à la fois respectueuse et pressante, comme une caresse. J'ai accepté. Trop vite ?

Juin

Champagne

La soirée s'est déroulée dans les salons de l'Hôtel de Ville de Paris. Musique et champagne. J'adore le champagne et je n'en avais pas bu ces derniers mois ! Nous étions à la table du Grand Maître mais Charles n'a parlé qu'à moi, m'accaparant, créant comme une bulle où les quatre autres personnes présentes à la table semblaient si loin, absentes. J'étais gênée de ne pouvoir participer à la conversation générale mais il m'hypnotisait par ses attentions et sa conversation.
J'ai accepté de le revoir jeudi. Il m'a proposé d'aller voir une exposition de peinture.

Faire cattleya

Charles avait des invitations pour la visite privée

d'une exposition de primitifs italiens au musée Jacquemart André. Il commentait intelligemment les tableaux, semblant se moquer de son érudition. Il avait choisi ce musée à dessein, car cela lui donna prétexte pour me proposer de venir prendre un verre chez lui, avenue Malesherbes, au sortir de l'exposition. Il occupe un vaste appartement haussmannien, qu'il a gardé par sentimentalité, me dit-il, après le départ de son fils pour ne pas changer ses habitudes. Il m'offrit un gin tonic. S'asseyant d'une manière toute naturelle à mes côtés sur le canapé, il me parla de ses goûts de peinture, de cinéma, laissa tomber la conversation, posa son verre et me pris dans ses bras pour m'embrasser. Je me suis laissé embrasser en me disant que ce n'était pas une bonne idée car il m'avait beaucoup parlé de son fils or je crains de retrouver un homme trop investi dans ses enfants alors que c'est cela qui a fait voler en éclats ma relation avec Michel. Mais j'avais envie de ce baiser, tendre, doux, presque respectueux. Nous en sommes restés à ce baiser. Il m'a ensuite raccompagné au métro avec une galanterie un peu désuète, mais si touchante car devenue trop rare.

A peine rentrée chez moi, il m'envoie un sms très amoureux. Il me dit avoir eu très envie de « faire cattleya », me précisant que c'est ce que disait Swann à Odette de Crécy, mais qu'il attendrait que j'en ai aussi envie. Je n'ai pas lu Proust mais je comprends que c'est une façon littéraire de dire qu'il me désire. Je le désire aussi mais je ne veux pas que cela soit trop rapide. Et puis, j'ai peur d'un nouvel échec avec un autre homme divorcé chargé d'enfants.

Charybde en Scylla

Mon psy qui me suit depuis prés de dix ans m'a dit que je ne devrais pas reprendre une relation aussi vite. Elle comprend que je suis amoureuse et elle me dit craindre que je ne retombe de 'Charybde en Scylla' avec cet homme divorcé.

Baisers

Hier, nous avons dîné chez lui. Il cuisine bien. J'étais un peu grisée par le champagne et je n'ai pas su résister à ses baisers qui me picoraient le cou et les oreilles. Il m'a pris dans ses bras sur le canapé du salon et conduit doucement par la main dans sa chambre. Je l'ai suivi comme en songe. Nous avons fait l'amour lentement, longtemps et c'était très bon. Il est habile, patient, attendant mon plaisir pour prendre le sien. J'ai dormi merveilleusement bien habile, patient, attendant mon plaisir pour prendre le sien. J'ai dormi merveilleusement bien dans son lit.

Paul

J'ai fait la connaissance de son fils Paul. Il est si gentil, si calme et confiant. Je lui ai lu une histoire dans un livre d'enfant de Céline que j'avais conservé. C'était si doux de sentir le petit blotti contre moi écoutant mon récit !

Je l'aime

Je suis rentrée hier de notre premier week-end en amoureux. Nous avons regardé, nus dans son grand lit, des comédies italiennes, bu du champagne, mangé du gibier et fait l'amour avec ardeur. J'adore son corps. Il est complètement désinhibé dans l'étreinte tout en étant très doux, très attentif à mon plaisir.

Il me parle de lui, de sa douleur quand son fils lui a été enlevé par sa compagne. Il me dit les souffrances que lui inspiraient le dilemme de ne pouvoir rassembler ses filles et son fils du fait du rejet de leur marâtre. Il a pleuré beaucoup de peur de perdre son fils mais aussi de devoir se partager lorsqu' il avait la garde de ses filles, entre le rez-de-chaussée où il les avait installé dans une chambre de bonne et le 6e étage où il cohabitait avec la mère de son fils. Cela me touche mais résonne comme une menace. Encore une situation trop compliquée pour moi. Pourquoi dois-je tomber amoureuse d'hommes qui ne sont pas libres. J'ai envie de me sauver, sentant comme un précipice sous mes pas. Mais, je l'aime.

New Age

Charles est venu dîner chez moi hier soir.

Il a arpenté l'appartement, d'un large pas, comme pour en mesurer la surface, évaluant le mobilier d'un regard froid de commissaire priseur. Explorant sans gène le rayonnage de livres, il découvrit des ouvrages sur l'accomplissement personnel, la relaxation et le yoga,....et ironisa sur mon appétence pour la littérature 'new age'. Puis, m'abandonnant dans la cuisine, il s'est installé sur le canapé avec un ouvrage sur les religions comparées.

Son aisance à s'installer comme s'il avait vécu là depuis des années m'émeut et m'intrigue. Il occupe l'espace avec naturel et assurance virile.

Juillet

Île d'Yeu

A titre de lot de compensation, disant ne pouvoir avec un aussi faible préavis réorganiser ses vacances d'été, et comme il estime prématuré que nous partions tous les trois avec son fils, il m'avait proposé une semaine à l'île d'Yeu.

Nous descendons dans une chambre d'hôte bien modeste mais tout me semble magnifique. Le temps est superbe. Les falaises de granit orangées, les côtes habillées de lichen déchirées du bleu sombre de la mer, le ciel à la Tiepolo, selon lui, notre périple en bicyclette pour aller sur la plage de sable grossier jaune miel. Tout est beau. La mer est fraîche mais Charles se baigne sans se lasser. Je préfère bronzer n'osant lui avouer que j'aime la mer chaude. Il a emmené un coffret de comédies de De Sica. Nous buvons du rosé en mangeant du poisson grillé. Nous sommes heureux. Il est si beau quand il rie. La maison d'hôte est déserte à part deux jeunes sœurs qui nous prennent en photo, souriant sous le pommier du jardin, attablés pour jouer au jacquet, levant nos verres de rosé.

Août

Séparation

Charles est parti pour un mois de vacances avec son fils, un mois d'abandon pour moi. Une dizaine de jours à l'île de Ré puis en famille chez ses parents. J'ai formé le projet un instant de les rejoindre mais il n'y avait plus de place, m'a-t-il affirmé ; sa voix au téléphone guère enthousiaste m'a dissuadé. Les vacances avec son fils sont un espace sacré. Il revendique cette exclusivité, cet enfermement sur eux deux, par la séparation dont il souffre tout au long de l'année. « Je suis comme un apnéiste qui reprend son souffle » explique-t-il avec son goût pour l'image 'littéraire'. Ou encore cette autre formule : « Les week-ends et les vacances avec mon fils, c'est comme le droit de visite du prisonnier, je l'attends chaque quinzaine pour tenir jusqu'au prochain parloir. ». Il me téléphone presque chaque jour mais c'est trop souvent de la fête foraine où il emmène son fils ; je m'irrite de ne rien entendre de sa voix couverte par les musiques du manège où il surveille sa progéniture. Il ne dit rien de tendre, que des banalités lors de ces appels obligés plus que désirés.

Arythmie cardiaque

A la suite d'une fatigue récurrente pendant ses séances de natation, Charles s'est décidé à aller voir un cardiologue. Celui-ci a diagnostiqué une arythmie cardiaque, un flutter auriculaire, dans leur jargon médical. Rien de trop grave mais à surveiller et une opération doit être programmée. Il préfère laisser passer l'été en se soumettant à un traitement médical. Je suis très inquiète mais ne lui en parle pas car il refuse de se vivre malade et diminué. Je lis tout que ce que je trouve sur le flutter sur Internet et cela ne me rassure pas.

2009

Janvier

Jour de l'an

Premier jour de l'an en amoureux. J'avais passé les fêtes de Noël dans ma famille. J'aurais voulu qu'il me propose de l'accompagner mais les fêtes en famille sont sacrées pour lui. Il est allé passer Noël avec sa tribu. Il m'a offert un collier en cristal noir de Baccarat, très chic sur ma petite robe noire. Il a cuisiné une langouste et mis du champagne au frais. J'ai mis des bas et une robe noire sexy. Nous avons dîné devant un feu de bois et fait l'amour.

Accident Vasco Cérébral

Charles a eu un Accident Vasco Cérébral chez moi dans la nuit de dimanche. Il avait accepté de venir dormir chez moi, lui si casanier, qui ne dort bien que dans son lit. Il l'a fait pour me faire plaisir au retour d'un week-end avec son fils. Il venait de faire trois heures de route pour raccompagner son fils, il était fatigué mais il a tenu à me faire l'amour, pour me faire plaisir et aussi pour s'endormir tant il est insomniaque hors de son lit. Au petit matin, il devait être cinq heures, je l'ai senti agité. Il ne pouvait me parler de manière cohérente. Sa mâchoire était bloquée. Il était pratiquement aphasique. Je lui ai demandé d'appeler les urgences ayant reconnu les symptômes d'un AVC. Il baragouina qu'il appellerait dès ce matin son cardiologue mais comme il pouvait marcher, il décida de prendre sa voiture et rentrer chez lui pour se changer. Il est complètement déraisonnable mais je ne réussis pas à le raisonner. Arrivé à son bureau, il me dit avoir du mal pour joindre son cardiologue mais qu'il ne faut pas que je m'inquiète. Il a eu une ischémie sans séquelle, décrète-t-il de ses recherches sur internet. Je le supplie d'aller aux urgences d'un hôpital. Il fait traîner les choses mais enfin, à midi, il se décide enfin à aller aux consultations du médecin qui devait l'opérer de son flutter. Il a été immédiatement hospitalisé pour examens et l'opération a été décidée en urgence dés le lendemain, me dit-on à l'accueil. Je ne peux pas le voir avant la fin de l'après midi.

Lazare

Charles a été opéré en urgence d'un flutter détecté en octobre. Il a failli mourir dans mon lit. Je me sens responsable de sa fatigue et de cette étreinte sollicitée malgré la fatigue de son long voyage en voiture. Il s'est montré d'une dureté avec lui-même stupéfiante refusant d'aller aux urgences malgré mes demandes. En quelques semaines, il est rétabli et décide de reprendre ses entrainements la piscine. « Je suis comme Lazare » blague-t-il. Je reviendrai sur cet épisode dés que je pourrais.

Épictète

Quand je le visitais hier en fin de journée, dans sa chambre à la clinique, il m'avoua, flambard, avoir fait le mur l'après midi pour rentrer chez lui pour aller chercher des livres. Il me montre les Pensées d'Épictète pour, me dit-il, avec son humour macabre, se préparer à la mort. Il n'a aucune crainte de l'opération mais cela, blague-t-il, lui semble une lecture de circonstance.

L'opération s'est bien passée. Il est faible et doit se reposer pendant un mois.

Il est vraiment obstiné. Il a refusé que je vienne le chercher en taxi préférant rentrer chez lui avec sa propre voiture contre l'avis du médecin traitant. Il a décidé de se débrouiller seul chez lui.

Plaisantant sur son pas de vieillard, il me dit rentrer épuisé d'un marche de cent mètres pour aller acheter du pain.

Il est si dur avec lui-même, si dur à la souffrance physique qu'il me fait peur. Il me raconte s'être cassé le poignet adolescent et avoir passé une nuit ainsi, à souffrir, ayant décidé que ce n'était qu'une banale foulure. Il s'enorgueillit aussi d'avoir marché une journée entière avec un péroné fracturé de fatigue lors de son jogging avant de se décider à passer une radio.

Cette force vitale, son énergie, son hyperactivité me séduit et m'effraie également moi qui doute en permanence de moi. Il va de l'avant. Dans la rue, il marche par grandes enjambées, du moins avant son opération.

Ascèse

Il a repris en quelques semaines son rythme normal. Il a daté sa santé recouvrée du moment où il a pu à nouveau enchaîner ses trois kilomètres de crawl à la piscine. Il observe un régime sévère et s'astreint au sport comme une ascèse pour garde la ligne. Il n'a aucune gêne à admettre un certain narcissisme. Le fait que je pratique la course à pied de manière intensive lui plaît.

J'adore le sexe

Après son AVC, nous avons repris très vite notre vie amoureuse. Il est sensuel. J'adore le sexe aussi même si j'ai eu des périodes de chasteté longues parfois. Il m'a convaincu avec douceur de lui abandonner mes fesses également et, à ma grande surprise, j'aime maintenant beaucoup cela alors que je m'y étais refusé jusqu'alors.

Ses filles

Il me présente à ses filles. La plus grande est étudiante en École de commerce en province. Elle vit en ménage, elle est naturelle avec moi surtout rassurée de savoir son père 'casé'. La seconde, qui passe son bac, n'a pas de petit ami et est visiblement très, trop, proche de son père. Elle est beaucoup plus volubile et mondaine, plus habile, aussi. Je ne veux pas voir en elle une rivale malgré j'ai une inquiétude sourde.

Je découvre que la seconde fille a une clé de chez lui et vient à l'improviste prendre un bain, laver son linge. Son père trouve cela parfaitement normal. Cet envahissement de notre intimité m'est insupportable mais je ne dis rien.

Lit conjugal

Je lui ai demandé de reprendre la clé de sa fille parce que j'ai constaté qu'elle était venue un week-end où nous étions absents et qu'elle avait dormi dans notre lit. Elle avait refait le lit mais pas assez bien pour que je ne m'en rende pas compte ; j'ai senti son odeur dans nos draps. Je m'en plains auprès de Charles. Il me dit y être indifférent. Je dois alors lui expliquer que Maman me faisait venir dans son lit pour tenter de dissuader mon père de se protéger de ses trop nombreuses assiduités et que cela donnait lieu à des scènes qui me font, adulte, sacraliser le 'lit conjugal'. Il me regarde en coin pendant mon récit mais finit par accéder à ma demande et promet d'appeler sa fille.

Menteuse, mythomane

La relation entre Charles et sa fille est malsaine. Elle

est menteuse, mythomane, s'inventant des violeurs, posant à la vierge puis prétendant être 'une femme'. Elle est jalouse de moi. Comme elle n'a pas de vie personnelle, son père est son amant de substitution. Elle le manipule ; il me donne tort contre elle sans même m'écouter. Pour le faire prendre conscience, je lui déclare : « Tu as une relation incestueuse avec ta fille ! ». Il me dit de « cesser cette psychanalyse de revues féminines. Tu as assez à faire à m'expliquer pourquoi tu suis une analyse depuis dix ans et oblige ta fille à en conduire une également. Tu es bien mal placée pour décréter que ma relation avec sa fille est malsaine ». Je suis alors sorti de mes gonds et lui ai dit d' « aller enculer sa fille ». Il ne s'est pas emporté à ces mots. Un nuage noir de tristesse est passé sur son visage. D'une voix fatiguée, usée, il m'a dit regretter que la colère me fasse dire « des horreurs » puis il est sorti de la pièce, maître de lui-même.

Il déteste les psys

Depuis quelques jours, il me bat froid. Il me tient rancune des paroles que j'ai employées contre sa fille. Mais, je le connais, il dépassera cet incident. Il est comme un sous-marin. Il compartimente. Il a partagé mes accusations avec sa fille, m'informe-t-il, rendant sciemment irréversible la rupture. Il a enfermé son amour pour sa fille dans un compartiment, fermé le sas à double tour et je n'y rentrerai plus jamais. Il m'a dit pour, selon ses mots, clore l'incident « Je ne te parlerai plus de Juliette, je la verrai en dehors de la maison où quand tu n'es pas là ; comme cela nous ne nous disputerons plus sur ce sujet. » Il sait que c'est une forme de châtiment car cela nous éloigne tandis qu'une franche explication aurait renforcé notre couple. Il déteste les psys pour cela, parce qu'ils obligent à verbaliser, à reconnaître les conflits tandis que lui est dans l'esquive, dans le silence, dans le déni.

Mon psy

Mon psy à qui j'ai raconté qu'il avait fait part de mes accusations de penchant incestueux lors de notre dispute me dit que le fait qu'il ait révélé cela à sa fille est l'exacte démonstration du caractère ambigu de sa relation, qu'il a là encore privilégié l'affirmation du lien avec sa fille à notre couple, sachant que cela affaiblissait mon statut, me dévalorisait au yeux de sa fille et, partant aux siens propres. Le docteur Dufer juge notre relation destructrice pour moi et me recommande de me protéger d'une forme d'aliénation, d'un lien déséquilibré, d'un don sans retour.

Malédiction des fêtes de fin d'année

Charles est parti dans sa famille pour le 25 décembre, pour fêter 'en famille' avec ses filles et ses parents Noël. J'ai passé Noël avec Maman et mes frères mais mon bonheur était incomplet, il me manquait.
Je lui ai proposé de passer le 31 décembre après

midi sabler le champagne chez moi avec son fils. Charles m'a répondu qu'il neigeait trop, que Paul avait pris froid et demandé de passer plutôt chez lui. J'ai refusé car j'avais tout préparé depuis la veille : la table, le champagne, le gâteau… Il n'a pas cédé. J'ai allumé un feu d'enfer dans la cheminée, ouvert la bouteille de champagne et me suis pochetronnée toute seule. Il faisait tellement chaud devant la flambée que je suis restée en peignoir ayant renoncé à m'habiller puisque j'étais toute seule avec ma peine et mon champagne. Il m'a appelé à nouveau et comprit à ma voix que j'étais très malheureuse. J'ai perçus son énervement mais il a déclaré qu'il allait venir me voir et il a en effet débarqué un quart d'heure plus tard. C'était la fin de l'après midi. Il m'a trouvée avachie, complètement paf devant le feu, pleurant toutes les larmes de mon corps. Il a essayé de me calmer avec un mélange de douceur et de colère maîtrisée. J'ai refusé de venir dîner mais promis de venir déjeuner avec eux le lendemain. Il m'a quitté au bout de moins d'une heure prétextant que Paul était seul chez lui avec sa fille à attendre son retour pour manger. Le champagne est tiède et j'ai déjà trop bue.

Qu'ai-je fait pour cette malédiction des fêtes de fin d'année !? J'ai rompu avec Michel lors de notre fatal réveillon organisé à Londres.

2010

Avril

Lilas

Aujourd'hui, dimanche, Charles a acheté du lilas blanc, violet, rose et lis de vin sur le marché. Il me dit adorer l'odeur de cette fleur et me prend en photo avec le bouquet. J'ai mis par hasard un pull bleu nuit. Il me cite Proust dont un des personnages aurait dit : « Vous avez mis des yeux de la couleur de votre ceinture ! » car mes yeux bleus forment, me dit-il, avec les fleurs et la teinte de mon pull un merveilleux camaïeu. A sa malheureuse habitude, il cassa cette gentillesse en ajoutant qu'il ne souvient plus si Swann dit cela à madame de Guermantes ou à une jeune prostituée.

Mai

Cabourg

Charles a décidé de m'emmener au Grand hôtel de Cabourg ce week-end. Il m'a offert Les jeunes filles en fleur, mon devoir de vacances, parce que je n'ai jamais réussi à lire Proust et que c'est ce même Grand Hôtel qui a accueilli Proust, m'explique-t-il toujours très pédagogue... J'étais ravie de cette escapade jusqu'à ce qu'il décide, au dernier moment de proposer à sa fille, étudiante à Paris, de venir, «

pour lui faire prendre l'air de ma mer ». Il lui prend une chambre, en cinq minutes, avec son sens aigu de l'organisation quand il s'agit de ses plaisirs. Notre week-end amoureux s'est transformé en triangle mondain avec papotages obligés avec la 'Fifille à son papa'. J'ai compris des confidences de sa fille qu'il avait passé des vacances d'été au Grand hôtel de Cabourg avec son ex et son fils. Ma joie gâchée, j'ai pris sur moi de faire bonne figure pendant ce pèlerinage proustien. Ne serais-je jamais que la pièce rapportée des bons plaisirs du Roi ?

Septembre

Églises romanes

Il est enfin de retour. Pour me remercier de ma compréhension, nous partons quelques jours marcher en Auvergne, escaladant le Sancy et visitant les églises romanes (Issoire, Saint Nectaire,...). Charles a potassé son sujet et me fait un cours d'architecture romane. Il me fait découvrir le gour de Tazenat. Je n'ose pas m'aventurer dans l'obscurité du lac volcanique. L'eau est glacée et si sombre. Il se fait un malin plaisir de se laisser couler pour disparaître quelques instants sous l'eau, jouant de mon alarme de le voir disparaître à jamais dans le gouffre aqueux.
Nous avons passé ensuite quelques jours chez ses parents dans le Bourbonnais. Son père qui a été bel

homme et séducteur est l'image porté de Charles dans une trentaine d'années. Charles m'a dépeint son père comme égoïste, violent, machiste, infidèle... toute la part de moi que je n'aime pas, dit-il, dans un aveu qu'il regretta aussitôt.

Octobre

Halloween

J'ai organisé une fête Halloween pour Paul : citrouilles découpées éclairées par des bougies et potage assorti. C'est si bon d'entendre à nouveau un rire d'enfant. Céline s'éloigne de plus en plus, excusant son indifférence par mon bonheur nouveau.

Novembre

Cévennes

J'ai voulu faire découvrir à Charles les Cévennes où j'ai fait, pour me remettre de la rupture avec Michel, un stage de randonnée extrême : marches pendant six heures, bouillon de légume. J'avais perdu plus de cinq kilos en une semaine, ressemblant, à mon retour, selon ma fille à une 'revenante de camps de concentration'. Nous avons traversé le Massif central par la route du Puy. Charles a été ébloui par les montagnes vierges, par les forêts de châtaigner, par la rude beauté des maisons de granit et les toits de lauze. Notre première randonnée fut ratée, nous avons perdu le chemin de Grande Randonnée et erré longuement. Notre excursion a tourné à la dispute, chacun rejetant sur l'autre la responsabilité de notre égarement. Nous croisâmes un couple de randonneurs surpris de l'aigreur de nos échanges dans un décor aussi splendide. L'après midi était ensoleillée. De retour à l'hôtel, Charles prit le parti de faire des ronds dans la piscine non chauffée de l'hôtel pour ne pas partager mon bain de soleil, me reprochant de m'exposer en sous vêtements car j'avais oublié mon maillot de bains.

Novembre

Fruits de mer et sexe

Retour amoureux à Cabourg. Charles, invité à intervenir à un colloque qui se tenait au Grand Hôtel de Cabourg, ma emmenée. Je suis heureuse de retrouver cet hôtel, amants, seuls au milieu de la foule des participants. Notre chambre est immense, superbement décorée en noir brillant et rouge ponceau. Le lit est vaste et voluptueux. Pendant les conférences, je marche sur la plage regardant les sulkys faire s'envoler des nuages de mouettes. Une immense glace face à la baie vitrée qui ouvre sur la plage reflète les nuages fuyant au large. Ce décor nous excite et je me laisse photographier pendant l'amour. Nous nous sommes gavés de fruits de mer et de sexe.

Décembre

HLM

J'ai réussis à décrocher un CDD de juriste dans un office d'HLM. Je suis parti en province du lundi au vendredi. Nous nous parlons beaucoup le soir au téléphone. Mon travail est près de la maison de Maman et cela me permet de la voir. Charles ne semble pas souffrir de cette séparation ; je dois donc faire bonne figure. Il me conduit le lundi matin à la gare de l'Est et vient me rechercher le vendredi. Nous sommes un petit couple avec ses routines.

Divorce à l'italienne

Lundi. Je suis seule dans ma chambre d'hôtel louée par mon client. Charles me manque physiquement, violemment. Je ne peux passer un jour sans avoir envie de le sentir en moi. Nous avons passé le week-end dernier ensemble car il n'avait pas son fils. Il m'a fait un canard sauvage cuit en cocotte au four sur un lit de champignons. Il aime cuisiner. « Faire à manger à ceux que j'aime est pour moi un acte d'amour » me dit-il, en précisant qu'il a interdit de cuisine ses femmes et maîtresses car il n'a jamais rencontrée une femme qui cuisinait mieux que lui et il aime être seul en cuisine. Je suis donc bien malgré moi obligée de lire une revue pendant qu'il officie. Charles a des centaines de DVD et il 'fait ma culture cinématographique'. Nous regardons des comédies italiennes. Il me fait découvrir Mariage à l'italienne de De Sica et Divorce à l'italienne de Petro Germi. Il assume son rôle de Pygmalion. Qu'il n'attende pas beaucoup de découvertes de ma part est un peu vexant. Il y a une pointe de cuistre chez lui. Pédagogue en volupté également, il guide mes caresses, m'apprend des positions poivrées, des mignardises de caresses, des préliminaires goûteux. Nous avons fait l'amour le matin en nous réveillant, pendant la sieste et le soir avant de visionner un film. Mon corps est brisé de plaisir. Le prochain week-end, il est avec son fils. Je serai seule. Je suis déjà triste.

Barbe bleue

Hier, je suis tombé sur une carte de visite de la mère de son fils qui traînait dans un de ses tiroirs. Irritée, je lui ai demandé d'effacer toutes les photos de ses ex sur son ordinateur. Il sembla surpris et a refusé tout de go, me disant que je n'avais pas à être jalouse de son passé puisque c'était avec moi qu'il vivait. Il ne me dévoile de sa vie passée que ce qui lui convient, esquivant mes questions sur ses maîtresses. Il ne se pose pas en séducteur ou plutôt il ne se donne même pas le mal de se flatter de ses succès féminins ; je le soupçonne d'avoir eu beaucoup d'aventures. Il couvre d'un voile prudent sa vie amoureuse passée, sans curiosité pour la mienne, considérant, complaisamment, que j'étais née au plaisir dans ses bras. C'est un amant très expert et il sait comment exalter un corps de femme. Il y a pourtant toute une part de non-dit chez lui, un zone obscure, quelque chose de caché derrière la porte. Il fuit mes questions en plaisantant sur ses « victimes enfermées, comme celles de Barbe bleu, dans sa cave ».

Ile de Ré

L'été prochain, me promet-il, nous allons pour la première fois partir en vacances tous les trois, avec son fils. Il veut encore aller à l'île de Ré car dit-il, Paul s'y plaît. Il y a une piscine, la plage à cent mètres, l'hôtel confortable… Comme il m'invite, j'aurais mauvaise grâce à refuser mais séjourner là où il a passé ses dernières vacances avec son fils et sa mère et où il s'obstine à revenir me semble malsain.

2011

Février

Jura

Charles part skier une semaine dans le Jura avec son fils. Encore une habitude ! L'année prochaine me promet-il, on s'organisera ensemble pour partir tous les trois dans les Alpes.

Juillet

Bar-sur-Seine

Vendredi. J'ai réussi à convaincre Charles d'aller visiter notre maison familiale pour rencontrer maman à l'occasion de l'anniversaire de ses quatre-vingts ans. Je suis si heureuse de lui faire découvrir Bar-sur-Seine où j'ai grandie. Il nous emmène Céline et moi dans sa BMW de fonction. Pour le motiver, je lui ai proposé de découvrir les églises romanes champenoises. Maman a mis les petits plats dans les grands, champagne et terrine de brochet.
Mon frère Jacques a accepté de déjeuner avec nous. J'en suis très surprise et heureuse car, handicapé d'un bras gauche devenu mort et presque aveugle, il refuse d'habitude de rencontrer les inconnus et même mes frères, restant reclus

dans sa chambre. Charles est très gentil avec lui. Jacques accepte de nous accompagner pour visiter la chapelle de Saint- Guédon située sur la colline derrière chez nous construite prés d'un chêne légendaire supposé avoir protégé le saint contre l'attaque du malin. Jacques est comme un enfant ébloui par le silence de la voiture et par le GPS. De retour à la maison, le temps étant beau, nous avons décidé d'aller nous baigner dans la Seine. L'eau est fraîche et pure. Le courant nous caresse. Charles ne sait pas résister à une baignade ; il remonte sans se lasser le courant pour ensuite se laisser flotter en aval. Il est bien. Nous sommes heureux.

Bouboune

Samedi matin. Charles a mal dormi dans le lit trop étroit, trop mou à son goût. Dés notre première nuit quand il m'exila aux confins de son vaste lit parisien, après l'étreinte, m'informant qu'il déteste dormir 'collé-serré'. Il passa la nuit dernière à lutter en vain contre la pente qui nous entraînait tous deux au milieu du lit. Il a prétexté un travail urgent sur Paris pour repartir après le petit déjeuner et non en fin de matinée comme prévu. Il est distant, agacé, énervé et me dit « préférer repartir maintenant que nous faire subir sa mauvaise humeur ».
Céline se lève à son habitude à l'heure du déjeuner et je passe mes nerfs sur elle. Son petit ami lui manque déjà. Elle est aussi sur les nerfs. Elle décide alors de repartir aussitôt sur Paris emportant

Bouboune, son chat persan, que j'avais mis en pension chez maman. Charles ne l'aime pas, ce chat, car il est trop peureux et paresseux à son goût. Il aime les chats qui ont du caractère, les chats de gouttière, dit-il et ironise sur la passivité de notre persan qu'il a surnommé la peluche. Céline me réclame de l'argent pour acheter de la nourriture pour son chat. Je n'ai pas prévu cette dépense, et pas d'argent liquide sur moi, pensant laisser le chat chez maman. Je m'offusque de son ton impérieux. Céline s'emporte alors et m'insulte. Nous nous disputons comme des harengères pour quelques dizaines d'euros tandis que maman essaie en vain de nous réconcilier. Céline claque la porte et pars prendre son train sans me dire au revoir. Tout ce dont je me faisais une fête est gâché. Qu'ai-je f ait au bon Dieu pour que tout tourne au vinaigre ?

Fils de riches

Lundi. De retour à Paris, je retrouve Céline enfermée dans sa chambre avec son petit copain ; Bouboune abandonnée dans le salon se précipite vers moi en miaulant pour manger. Il n'y a rien dans sa gamelle mais une bouteille vide de vodka mal dissimulée dans la poubelle. Les jeunes ont fait la 'teuf'. Céline est toujours dans sa chambre avec Jonathan, puisque Jonathan, il y a ; c'est un camarade de lycée, fils de riches qui glande en prétendant vouloir faire une carrière de disk jockey. Il habite chez son père, architecte friqué, divorcé, souvent en voyages d'affaires qui laisse son immense appartement libre pour les soirées du fiston mais il faut croire qu'il était sur Paris le week-end dernier pour qu'ils soient venus squatter chez moi. La mère de Jonathan, accumulant les points sur sa une carte de fidélité Carita, ne trouve pas le temps de voir son fils. Jonathan a une très mauvaise influence sur Céline qui parle de plus en plus mal, pour faire 'genre' et travaille de moins en moins. Je vais toquer à la porte de Céline en lui demandant de sortir. Seule la musique me répond. Ils doivent être en train de baiser, la musique couvrant leurs gémissements. Je reviens frapper plus fort une demi-heure plus tard. Céline passe la tête dans l'entrebâillement de la porte pour me demander d'une voix éteinte ce que je veux. Son visage est blême. Je lui demande de se lever car elle a « sûrement des devoirs en retard ». Elle ne répond pas mais sort finalement au bout d'une heure avec son Jules qui me dit un vague 'bonjour' avant de partir. Je fais une scène à Céline lui rappelant que je lui ai interdit de faire venir ses potes faire la bringue chez moi et que l'alcool est prohibé. Elle nie effrontément jusqu'à ce que je la confonde en brandissant la bouteille de vodka. Elle se mit alors à hurler qu'elle en avait marre et fonce sur moi pour me frapper. Ce n'est pas la première fois que nous en venons aux mains. Le mois dernier déjà, Charles avait découvert des morsures sur mon bras et des bleus sur ma cuisse et j'avais du avouer que nous nous étions battus avec Céline, sans avouer que c'est elle qui m'avait battue, prenant les torts sur moi, sans le convaincre. Je réussis à contenir Céline qui prend son sac et claque la porte. Je suis en larmes, effondrée sur le canapé. J'appelle Charles au secours. Il est à son bureau mais, comprenant mon affliction, me décide de venir d'un coup de voiture.

D'après ce qu'il m'a raconté ensuite, arrivé à ma porte, il a surpris Céline qui fumaillait devant l'immeuble avec Jonathan, accroupis sur le trottoir comme des SDF. Il a pris à parti Céline en lui disant que c'était la dernière fois qu'elle se permettait de lever la main sur moi et lui intima de venir s'excuser immédiatement. Jonathan faisant mine de se lever, il le regarda du haut de son mètre quatre-vingt sportif et lui dit de 'fermer sa gueule s'il ne voulait pas son poing dans la figure'. Quand Charles est en colère, sa voix est très calme et son calme en impose. Le gamin resta assis, penaud, laissant Céline rentrer avec lui dans l'appartement. Face à moi, elle m'insulta à nouveau, me reprochant d'avoir fait venir Charles se mêler de « nos affaires qui ne le regardaient pas !». Elle était hors d'elle, menaçant à nouveau d'en venir aux mains. Charles la prit alors par le bras et, comme un videur, il la poussa brusquement hors de l'appartement, la bousculant même dans les escaliers où elle faillit perdre l'équilibre.

Huissier

L'huissier est venu hier et a procédé à l'inventaire de

mes quelques meubles en garantie du loyer impayé. Je suis dans une impasse financière ; je ne paye plus mon loyer depuis un trimestre. Je n'aurais jamais du arrêter ma carrière d'avocat pour jouer les femmes d'intérieur sur la pression de Michel. Charles me propose de m'installer chez lui depuis un mois. Je préférerai rester indépendante mais comme Céline prend son indépendance le mois prochain en se faisant louer un appartement par son père, il est absurde que je garde un appartement de cent mètres carrés alors qu'il a de la place chez lui. Je déménage lundi prochain chez Charles avec une simple valise de vêtements. Je ne puis rien emporter car tout est saisi. Charles ne voulant rien prendre de mes meubles, cela l'arrange. Il me met dans son appartement comme un bibelot de plus.

Loyer impayé

L'état de santé de Charles et celui de mes finances, m'ont convaincu d'accepter son offre de loger chez lui. J'ai trois mois de loyer impayé et mon propriétaire m'a fait notifier par huissier la résiliation de mon bail. La situation était devenue intenable.

Photos

Je m'installe chez Charles. Je mets quelques rares objets personnels dans la chambre. Un pelle- mêle avec les photos de Céline, une boite à bijoux. La maison est emplie des photos de lui avec ses enfants. J'ai sous les yeux en permanence une vie où je n'ai eu aucune part, où je n'entrerai jamais. Je lui ai demandé de supprimer les photos de la mère de son fils sur son ordinateur. Il m'a répondu qu'il n'en était pas question, que c'était des moments révolus et que je n'avais pas à en être jalouse.

J'aurais tant aimé avoir un enfant de lui

Il y a une part de Charles qui m'est étrangère ; plus exactement, il y a une vie à part de la mienne qui est sa tendresse pour ses enfants. Il avoue sans ambages « Rien n'est plus important que mes enfants. » Sincérité cruelle pour moi. Malgré son divorce difficile et la fuite de la mère de son fils, elles restent les mères de ses enfants ce que je ne serai jamais car mon âge m'interdit d'enfanter pour lui. Je lui dis que j'aurais tant aimé avoir un enfant de lui mais cela ne l'émeut pas. Je n'aurai jamais d'enfant de lui mais il me déclare, avec sa confondante capacité de dire les choses les plus douces et les plus amères, parfois dans une même phrase : « Tu sais, Paul, ce sera un peu notre fils à tous   les deux. »

Compostelle

Charles m'a dit qu'il me laissait le choix de la destination de nos vacances de juillet. Je lui ai proposé d'aller marcher sur le Chemin de Compostelle. A ma surprise, il a accepté, sans discuter, trouvant même l'idée bonne. Je préparer les étapes de notre pèlerinage avec tendresse et méthode. Nous allons partir de Figeac, passer par Conques, pour finir à Rocamadour, soit 95 km. Je réfléchis à toutes les étapes, cherchant les endroits où nous pourrions nous arrêter.

Juin

Maman

Nous sommes allés voir Maman avant de partir marcher sur le Chemin de Compostelle. Ces derniers jours de juin sont très pluvieux. Charles a déclaré hier qu'il « faisait ce pèlerinage vraiment pour me faire plaisir parce qu'il n'aimait pas marcher et encore moins sous la pluie ». Cela m'a un peu coupé les jambes. Il me dit que s'il pleuvait trop, on louerait une voiture. C'est un peu désespérant mais je fais contre fortune bon cœur et espère le soleil. Charles ne voulant plus de mon chat Bouboune. J'ai acheté ce chat pour Céline et maintenant qu'elle est partie vivre de son côté, elle ne s'en occupe plus. Je l'ai laissé à Maman.

Loth

Au sortir d'un week-end où il avait la garde de son fils, et donc ignoré pendant deux jour, j'ai essayé de convaincre Charles qu'il devait changer. Je lui ai expliqué que sa relation avec Paul était trop possessive. Je lui ai dit que je ne pourrai vivre avec lui et avec Paul dans ces conditions et qu'il valait mieux que Paul reste avec sa mère car son amour pour son fils était pathologique. Je veux qu'il soit lucide : « Tu accuses sa mère d'être 'une mère fusionnelle' mais en fait c'est toi qui l'es ; tu étais incapable de partager ton fils avec elle ; c'est pour cela qu'elle est partie ! ». Il est venu vers moi alors avec une volonté de meurtre dans les yeux et il m'a dit lentement, détachant chaque mot pour qu'ils se marquent au fer rouge : « Je voudrais que tu crèves pour oser dire cela. » Puis il a tourné les talons me laissant figée de peur, complètement désemparée. Un abyme s'est ouvert sous moi et j'ai senti mon cœur glacer.

Quand j'y repense, autant que la violence de ses mots, c'est l'évidence que je ne serai jamais capable de rivaliser avec l'amour qu'il a pour ses enfants et surtout pour son fils qui me détruit. Je suis comme la femme de Loth changée en statue de sel devant ce lien de sang où je n'ai et n'aurai jamais aucune part.

Mai

Chiropracteur

L'été arrive et je panique à la perspective de me retrouver seule, Charles parti avec son fils en amoureux avec son fils, m'abandonnant à la solitude parisienne. J'attends qu'il me dise ses plans. Organisé comme il est, je ne doute pas qu'il a déjà pesé, sur les trébuchets de ses bons sentiments, une petite part, toute petite, de ses vacances pour moi du gâteau estival. Je somatise mes angoisses. Je suis nouée de stress et prends rendez-vous chez mon chiropracteur. Il me massera les épaules et me parlera avec douceur. Le mieux être ne dure jamais très longtemps mais j'en ai besoin.
Il faut que j'aille voir aussi mon psy pour savoir comment me comporter quand Charles me livrera ses projets pour cet été.

Corse

Charles m'a annoncé qu'il avait réservé deux semaines de vacances dans un village en Corse, pour son fils et lui. Il me dit avoir hésité, après nos disputes lors des vacances de ski, entre partir à deux ou me demander de l'accompagner, sachant que je n'accepterai pas de rester seule dans une chambre séparée. Il ne veut pas transiger sur le fait d'avoir son fils avec lui, estimant qu'il est trop jeune pour dormir dans une chambre séparée et que lui faire partager notre chambre ferait obstacle à notre intimité et que je ferai la tête de notre chasteté obligée. Comme je dois travailler cet été pour tenter de gagner un peu d'argent, cela l'arrange de me proposer un plan foireux : il me propose que nous allions passer tous les trois la dernière semaine d'août dans l'appartement de ses parents à Fréjus. « Comme tu aimes la mer chaude, cela devrait te convenir… » décrète-t-il. Comme si la mer en Corse était froide ! Je n'ai pas le choix. Il affirme que le village est déjà complet alors qu'il y a encore, m'apprend l'hôtel, de la place ! Je suis coincée de toute façon par le manque d'argent.

Charles enveloppe son paquet cadeau égoïste d'une faveur rose en me rappelant que nous irons cheminer sur le Chemin de Compostelle en juillet. Cela ne lui coûte pas cher comme c'est moi qui ai choisi la destination, je suis contrainte de faire bonne figure.

Juillet

Conques

Partis d'Austerlitz par un train de nuit, nous sommes arrivés à cinq heures du matin, sous une bruine froide, dans une gare rurale, déserte, fermée. Le taxi, qui devait nous conduire sur le point de départ sur le chemin de grande randonnée, ne nous attendait pas car j'avais négligé de le confirmer. Nous ne prîmes le chemin qu'à à 8 :30, sans avoir petit-déjeuné, sous le crachin, sur une route départementale sans attrait, ne rejoignant les premiers pèlerins qu'en milieu de matinée. Ce sont des jeunes belges pleins d'entrain qui chantent. Après une journée de marche, le ciel se dégage enfin pour livrer, au détour d'un ultime chemin de campagne, l'église de Conques. Nous sommes épuisés mais heureux. Charles a aimé cette marche dans la campagne et la forêt, marchant en tee-shirt sous la pluie tiède de juillet. Nous assistons à l'office du soir puis dînons dans la grande salle à manger avec plusieurs dizaines de compagnons de pèlerinage et dormons au monastère.

Rocamadour

Nous avons achevé hier notre pèlerinage par une arrivée spectaculaire sur Rocamadour. Cette dernière étape est, avec la première, la plus belle de notre marche. Le temps est devenu enfin estival et nous marchâmes en bras de chemise d'abord longuement dans le lit d'un ruisseau, devant parfois prendre appui sur les racines des arbres pour contourner des accumulations de roches, sous la canopée qui traçait des sillons de lumière comme dans les tableaux mystiques. Nous n'avons croisé personne. Aucun animal, pas d'oiseaux. Seul l'éboulis des rochers décrochés accompagnait notre marche silencieuse. Puis nous débouchâmes sur une sorte de canyon creusé par la rivière dans un causse formant rempart d'une centaine de mètres sur notre droite. Des nuées de papillons, probablement mués à la faveur de l'embellie de la veille, nous entourèrent. C'était un Eden de beauté et de solitude. Le village de Rocamadour, accroché à flanc de montagne, nous apparut bientôt comme une Jérusalem céleste. Nous assistâmes à la messe célébrée dans la nef creusée à même la roche. Charles dissimula ses larmes pendant la célébration. J'ai mis un cierge pour nous à la vierge noire.

Chemin de Compostelle

Nous revenons de notre chemin de Compostelle aujourd'hui. Notre périple de cinq jours a été un immense bonheur. Non seulement, Charles a marché sous la pluie sans rechigner, il y a même pris du plaisir. Notre arrivée sur Conques le premier soir, quand le ciel s'est enfin lavé de toute la pluie qui nous avait accompagnés toute la journée, fut magnifique. J'avais pu réserver au monastère. Nous avons assisté à l'office hier soir avant de dîner à la table d'hôtes. Le plus beau de notre pèlerinage fut la dernière journée, nous marchâmes dans un canyon, longeant le lit des rivières pour remonter le long de parois calcaires et enfin déboucher dans une vallée envahie de papillons où nous avons fait la sieste avant d'arriver à Rocamadour. Nous étions portés par la joie et nous ne sentions plus nos ampoules. Nous suivîmes l'office du soir dans l'église. Charles n'est pas croyant mais j'ai surpris ses larmes. Il m'a pris la main et l'a tenue longuement. Je crois que cette expérience nous unira à jamais.

Touche-touche

Paul est si gentil, si câlin avec moi. De plus en plus confiant avec moi, Il vient nous rejoindre le samedi matin dans notre lit et regarde ses dessins animés pendant que son papa fait les courses du déjeuner. Il adore jouer à 'touche touche' avec moi. Nous nous poursuivons dans la maison, un peu comme dans 'Pigeon vole', et je pousse des cris effarouchés à perdre haleine, retrouvant des joies et des peurs d'enfance.
Je suis heureuse et apaisée.

HLM

L'automne puis l'hiver ont filé sans que je prenne le temps de tenir ce journal. J'ai trouvé un travail de conseil juridique en province dans une société d'HLM. Cela me prend toute mon énergie. Je suis séparée de Charles toute la semaine mais nous nous retrouvons tendrement chaque fin de semaine.

Noël est une fête que je crains

Noël est une fête que je crains tant elle est associée

à des souvenirs pénibles. Je pars seule réveillonner dans ma famille, Charles est parti dans la sienne. Je suis déçu de cette séparation et ai quelques appréhensions sur la soirée du trente et un que nous devons passer ensemble.

Il est comme un eunuque dès que son fils est là

Veille du nouvel an, Charles est tout entier consacré à son fils, jouant avec lui, évitant de me prendre dans ses bras en sa présence. Il est comme un eunuque dés que cet enfant est là. Je passe du statut de maîtresse à celle de marâtre. Je me sens comme une pièce rapportée dans un artifice de famille recomposée auquel ni lui ni son fils ne semblent croire vraiment. Je suis tolérée tant que je suis gaie et discrète. Sa fille est venue pour prendre l'apéritif avant d'aller réveillonner de son côté. Ce huis clos familial dont je me sentais banni m'est devenu insupportable ; j'ai décidé de quitter les lieux pour aller à la messe 'de minuit' à l'église Saint-Augustin. Charles, sentant mon tourment, surtout craignant que je ne revienne pas et lui gâche sa soirée, décida de m'accompagner, abandonnant ses enfants le temps de l'office. Ils jouaient aux cartes en riant et se moquaient bien de mon départ. L'église était glaciale, désertée par quelques rares pratiquants. Nous sommes arrivés à la fin de la messe. J'ai mis un cierge à Sainte Rita, ironiquement, sainte des causes perdues.

Qui a peur de Virginia Woolf ?

Mon intérim s'est achevé et nous vivons ensemble, disons plutôt que l'un à côté de l'autre, dans ce vaste appartement. Je poste mon curriculum vitae, sans trop d'espoir. Charles est absent, passant de longues heures au ministère. Il rentre épuisé pour repartir faire du sport pour se déstresser. Je préférerais qu'il me baise plutôt que de prétexter la fatigue de la nage, v revenu de son entraînement, pour s'endormir d'un bloc après un baiser hâtif pour tout quitus.

Ma frustration sexuelle me rend agressive et il esquive d'abord pour ensuite, perdant son calme, me rembarrer d'une muflerie.

Hier soir, notre dispute en est venue jusqu'à ce qu'il me reprenne mes clés, me mette à la porte en me disant d'aller dormir chez ma fille alors qu'il sait très bien qu'elle ne veut pas de moi. Il est venu me rattraper dans les escaliers pour m'entraîner dans la chambre à coucher et me faire l'amour ensuite avec ardeur. Notre couple c'est Burton-Taylor dans Qui a peur de Virginia Woolf ? plaisante-t-il ensuite par une de ses insupportables références cinématographiques.

Paris est triste

Rien. Paris est triste. Mon travail me plaît mais ce n'est qu'un CDD et je n'ai pas de pistes de travail pour l'année prochaine. J'hésite entre reprendre une activité libérale indépendante, rechercher un poste de direction juridique salariée ou trouver une collaboration. A son habitude, Charles, rationnel et organisé, m'oblige à poser les termes du choix avantages - inconvénients pour passer en mode actions alors que je procrastine.

Polanski

Premier Noël en famille chez Charles. Il a son fils avec lui pour Noël cette année. Je me fais une joie de passer ces fêtes avec lui et Paul. Je réfléchis depuis des semaines à ce que je pourrai leur acheter avec mes modestes moyens. J'ai récupéré le DVD des premiers films tournés en Pologne de Polanski, une rareté, et choisi des pyjamas accordés pour le père et le fils.

Gifles

La soirée du 25 décembre s'était bien passée. Nous avions fait un apéritif au coin du feu et mangé du homard froid. Mais dans la nuit, Paul s'est réveillé. Il avait fait un cauchemar et pour le réconforter, son père l'a pris dans notre lit au petit matin et mis entre nous. Le lit est immense mais j'ai préféré émigrer dans le salon pour finir la nuit sur le canapé. J'ai attendu le jour se lever sans dormir sous une couverture de fortune. Au matin, le petit dormait encore dans notre lit ; Charles est venu me rejoindre dans le salon pour me proposer de prendre le café comme si la nuit avait été sereine. Il m'a demandé, surpris, plus qu'avec reproche, pourquoi j'avais quitté le lit conjugal. Je ne lui ai pas répondu mais me suis approché de lui et lui ai donné une paire de gifles. Sa seule réaction fut de me demander calmement ce que j'avais. Je lui ai dit que je trouvais inacceptable qu'il m'ait chassé du lit un soir de Noël pour prendre son fils au lieu de l'obliger à rester dans son lit d'enfant. Il m'a répondu que je faisais des histoires pour rien et que c'était la première et la dernière fois qu'il me laissait lever la fois', sur le compte de mon insomnie. Furieuse de son calme et de son indifférence à ma plainte légitime, je me suis alors précipité sur lui pour le frapper à nouveau. Il a arrêté mon bras de sa poigne forte et m'a donné une claque de sa main gauche en me disant d'arrêter cette violence. Stupéfaite qu'il m'ait rendu ma claque, je lui ai déclaré que « jamais un homme, et même pas mon père, ne m'avait rendu mes gifles » Il m'a répondu fermement que lui n'était pas « les autres, ni mon père »et que ma réponse était « malsaine » Il a alors quitté la pièce. J'ai refusé de le rejoindre pour le petit déjeuner mais j'ai fait semblant de les retrouver quand Paul s'est réveillé. Une pierre noire sur ce Noël 2010.

Papa

Cette nuit, j'ai revécu en cauchemar notre réveillon de merde. Je me revivais chassée du lit conjugal comme une femme impure. L'image de Charles se confondait avec celle de mon père venant arracher Maman de mes bras. Papa était très viril, maman toute petite et fragile comme une poupée ; elle fuyait les trop fréquents assauts amoureux de Papa en se réfugiant dans mon lit d'enfant. Je ne comprenais pas bien ce qui se passait mais j'aimais bien que Maman vienne dormir avec moi. On dormait 'en cuillères', cela me réchauffait. Je m'endormais confiante mais, Papa rentrant tard dans la nuit, furieux de trouver le lit conjugal déserté, venait secouer maman pour la faire lever. Si elle protestait dans un demi sommeil, il la tirait par le bras et c'était comme si j'étais moi-même arrachée à la douceur de mon lit. J'entendais papa rouspéter tirant maman hors de ma chambre. C'était comme un rapt, un viol qui me laissait frémissante dans les draps refroidis. La voix colère de mon père taisait les faibles protestations de maman qui s'éteignaient dans le silence bruyant du pouls de mon sang dans mes oreilles fermées de mes deux mains.

J'étais la dernière enfant d'une lignée de quatre fils. Mon père aimait me prendre à son bras pour aller chez son tailleur. J'avais quinze ans environ. Bel homme encore, il marchait de son pas ferme au milieu du trottoir. Il aimait que les passants s'effacent en regardant notre couple se demandant si j'étais sa fille ou une jeune maîtresse. Cela le flattait et me troublait. Il m'appelait sa 'chérie' en me consultant pour choisir entre les cravates présentées par une vendeuse au sourire complice.

2012

Janvier

Bal Regenbau

Charles m'a proposé d'aller à Vienne en janvier pour les bals du nouvel an. Un de ses 'amis de trente ans' y est ambassadeur. Il connaît déjà la ville ; j'imagine qu'il y a emmené nombre de ses maîtresses. J'y suis déjà venu avec un homme que je n'aimais pas, ou plus... J'ai retrouvé une robe blanche que je mettais quand j'avais vingt cinq ans. Elle me serre un peu ; je suis tout émue de la remettre pour aller au bal avec Charles. Il me charrie en disant que je ressemble à une meringue mais comme il m'a bien fait l'amour avant le bal, je décide de ne pas me fâcher. Nous allons au bal 'Regenbau', qui signifiant Arc en ciel, en allemand, est le bal des gays et lesbiens, nous apprend, à notre grand amusement, son copain l'ambassadeur qui tente de nous dissuader d'y aller. L'ambiance est bonne enfant. Le/la meneur du bal est un travesti ou transsexuel superbe. Des couples d'homme, représentant les différents corps d'armée, de police, de douaniers..., quinquagénaires, ventripotents mais radieux comme des jeunes mariés, ils paradent bras dessus, bras dessous puis se lancent dans une valse bien réglée. Charles est heureux, amusé, souriant. Je lui dis que c'est le plus beau jour de ma vie. Il n'a jamais appris à valser mais nous nous lançons et, miracle ou effet de notre bien être, nous valsons sans fatigue et je me laisse conduire. Schönbrunn le lendemain sous le soleil, Sissi, tous mes rêves d'adolescente romantique.

Merci, mon Dieu, de m'avoir donné ce séjour viennois.

Casablanca

Charles est parti en mission à Casablanca sacrifiant trois jours de vacances avec son fils, laissé à ma garde. J'étais ravie de sa confiance ; m'occuper d'un enfant réveille en moi un instinct maternel non sevré. J'ai passé une semaine à bâtir un programme de distraction pour Paul : île st louis, descente en roller des trottoirs des Champs Élysées, musée de Cluny... tout est écrit, heure par heure. Cela me rappelle les découvertes de Paris avec Céline quand elle avait son âge. Paul est un enfant si gentil ; il aime se bagarrer ; ce sont de tendres étreintes de lutte gréco-romaine sur le lit. Je prends plein de photos de nous deux sur le Pont des Arts, tendres souvenirs, déjà nostalgique de cette belle journée.

Police secours

Ce dimanche soir, nous avons, Paul et moi, regardé une comédie familiale sur Gulli. Nous étions rentrés tard de balade et je n ai pas entendu la sonnerie de mon portable dans la rue. Charles à laissé un message à dix neuf heures. Sa voix est ennuyée de ne pas nous avoir joints. Il s'étonne, me reproche implicitement, notre absence à cette heure tardive, puis, très vite, il ne parle plus qu'à son fils, sa voix, ralentit son débit, de professionnelle, devient tendre : « Paul, Papa doit travailler ce soir. J'espère que tu as passé une bonne journée avec Sophie, je t appelle demain. Je t'aime, Papa ». Il a raccroché ! J écoute ses mots si tendres, son timbre si doux, la pointe d'inquiétude, son amour palpable. Je suis témoin muet de leur affectueux colloque, voyeuse, exclue, malheureuse. Mes tripes se nouent. J'ai mal aux épaules, suis bloqué par la frustration. J'ai envie de lui dans mon ventre. Il n'y a qu'un grand vide, un abyme de silence puis sa voix reprend, officielle, administrative, comme une formule de politesse obligée, expéditive, pressée : « Merci de faire écouter mon message à Paul », comme si j avais besoin qu'il enfonce le clou !, « J'espère que tout se passe bien, je crains de ne pouvoir te rappeler plus tard car je pars dîner avec le client et je risque de te », ce qui veut dire, LE, « réveiller... À demain, je t'embrasse ». C'est fini, il a raccroché. Je reste le portable à l'oreille, espérant on ne sait quelle reprise de l'échange, un mot tendre pour moi. Rien. Je fais entendre le message au petit, le couche puis me cale dans le lit avec un livre, attendant qu'il rappelle.

J ai espéré cet appel toute la journée et ne puis me résoudre à y renoncer maintenant. Je ne peux pas le rappeler car il est avec son client et il serait fâché d'être dérangé. Je dois attendre qu'il rentre à son hôtel et m'appelle enfin.

Il est dix heures maintenant. Son message date de sept heures. Il doit être rentré maintenant. On a beau être au Maroc, en soi-disant voyages d'affaires, ils ne vont pas passer la nuit à se goberger. À moins qu'ils n'aillent en boite. Charles a évoqué ses missions antérieures au Maroc, ses folles nuits à faire danser les houris. Dès la rupture du ramadan, la fiesta avec les brunes aguichantes démarrait. La marocaine est voluptueuse et moi je suis là comme une conne à faire la baby-sitter !

22-30, toujours rien.
J'en ai marre !
J'ai besoin de lui parler, de me rassurer, de savoir qu'il n'est pas en train de faire les yeux doux à des donzelles aux yeux de gazelle et à la peau de miel !!
23 :00
Je vais dans l'entrée pour l'appeler sans risquer de réveiller la prunelle de ses yeux. Il répond seulement à la quatrième sonnerie.
« Allô, c'est moi, pourquoi ne me rappelais tu pas ?
(silence de sa part)
Rappelle moi car je n'ai plus de forfait et l'international coûte cher »
Plus de cinq minutes plus tard, il rappelle. Qu'est-ce qu'il bricolait pendant ce temps. La dame se rhabille ou quoi ?
« Ton dîner s'est bien passé ? »
…
« Non, je ne t'appelle pas pour savoir comment se passe ta mission mais j'espérais que tu me « Non, je ne t'appelle pas pour savoir comment se passe ta

mission mais j'espérais que tu me

…

« Oui, j'ai eu ton message pour TON fils. »

…

Oui, Paul va bien, il dort, je ne peux pas te le passer
»

…

« Oui ! Bien sur que je lui ai fait entendre ton
message !! »

…

« Non, je ne suis pas énervée !!! Pourquoi le serais-
je ? Ai-je des raisons d'être énervée !? J'espérais
que tu me rappellerais, c'est tout. »

…

« Non ! Ce n n'est pas toi qui rappelle mais moi !!!!!
»

…

« Non, je suis calme et je ne crie pas !!!!!!! Je suis
dans l'entrée et ne risque pas de réveiller Paul »

…

« JE NE CRIE PAS mais tu me rends folle avec tes
questions !!!!!!!! »

…

« Non je ne me calmerai pas ! Voilà trois jours que
tu es parti et tu n'as pas été foutu de m'appeler »

…

« Je ne te parle pas de tes messages à Paul, je te
parle de messages A MOI adressés, des messages
pour MOI !!!! »

…

« Oui, je sais que tu travailles mais tu trouves le

temps d'appeler ton fils et pas moi !!!! »

…

« NON, je ne suis pas hystérique, je suis simplement MALHEUREUSE !! »

…

NON, JE NE T'ÉCOUTERAI PAS. TOI, TU M'ÉCOUTES.

…

« NON, TU NE VAS PAS RACCROCHER. TU VAS M'ÉCOUTER. «

…

« JE CRIERAI SI JE VEUX CRIER. JE VAIS HURLER ET TANT PIS SI ÇA RÉVEILLE PAUL. TU NE M'AIMES PAS SINON TU M'AURAIS RAPPELLE »

…

« NON ! JE NE T'ECOUTERAI PAS MAIS JE VAIS ME METTRE CE CRAYON DANS L'ŒIL POUR NE PLUS TE VOIR. JE VAIS ME CREVER LES TYMPANS POUR NE PLUS T'ENTENDRE »

…

« TAIS TOI, TAIS TOI, TAIS TOI !!!!!!!!!!!!!!!! »

J'ai raccroché le téléphone, sanglotant, tremblante de tous mes membres, laissant tomber par terre, le crayon que j'ai brisé tant je l'ai serré dans ma main. Mon téléphone vibre. C'est l'autre qui me rappelle pour être rassuré dés fois que je ferai du mal à son chérubin. Il n'a pas compris que c'est à moi que je pourrais faire du mal, pas à un enfant ! Je ferme mon téléphone. Cela lui fera les pieds de s'angoisser cette nuit et demain jusqu'à son retour à Paris ! La nuit sera longue pour lui aussi.

J'entends, lointaine, une sonnerie. Je regarde mon téléphone, il est bien éteint. La sonnerie se fait plus forte et insistante. C'est la sonnette de la porte d'entrée. On frappe maintenant, fort : « Police, ouvrez ! »

Les coups me sortent de ma torpeur, me réveillent d'un cauchemar où je me disputais au téléphone avec Charles. Je suis en chemise de nuit dans l'entrée, j ai froid. Mais il me faut ouvrir.

J'entrouvre la porte, laissant la sécurité de l'entrebâilleur. Je vois un policier, les voisins en arrière plan.

…

« Vous allez bien madame ? »

…

« Vos voisins ont entendu des cris. Pouvons-nous entrer ? »

…

Je laisse passer un jeune policier tandis que son collègue reste en retrait sur le pallier avec les voisins.

…

« Vous êtes certaine que vous allez bien ? »

…

« Vous êtes sûre que vous ne voulez pas que l'on fasse le tour de l'appartement »

…

« Vous êtes seule ? »

…

« Il y a un enfant qui dort, dites vous ? »

…

« Vous n avez pas réalisé que vous hurliez ?   Il ne faut pas alarmer les voisins comme cela.   Ils pensaient qu'on vous assassinait »

…

« Je suis obligée de prendre votre nom »

…

« Je suis obligée de prendre votre nom.
Bonsoir Madame.
Évitez que cela se renouvelle »

…

Je ferme la porte doucement sans même m'excuser auprès des voisins, titube vers la chambre, et me noie dans le puits noir du sommeil.

Le fil à la patte

Charles est revenu ce matin. Il me regarde avec rancune, me dit à peine bonjour. Paul, ayant entendu la sonnette de la porte d'entrée, se jette joyeusement dans ses bras. Je me réfugie dans la chambre. Un peu plus tard, seuls dans la cuisine, pendant que le petit regarde des dessins animés, je lui dis ne pas vouloir aller voir Le fil à la patte à la Comédie française le soir. Cette sortie lui tient à cœur, il a pris trois billets et il insiste pour me convaincre. Je lui déclare aussi ne pas vouloir aller skier avec eux et préférer rester à Paris. Il ne se met pas en colère, il argumente d'un ton melliflu pour fléchir ma résolution. Je cède une fois de plus et me laisse conduire au théâtre comme un automate. Charles affiche une bonne humeur de façade pour que la sortie soit réussie. Je ne sais pas si Paul est dupe mais il suit attentivement le spectacle, il faut reconnaître très amusant.

Nous sommes restés solitaires pendant que nos sexes s'unissaient

Nous avons fait l'amour hier soir mais nos corps se sont noués puis dénoués avec volupté mais sans tendresse. Nous avons pris notre plaisir mais sommes restés solitaires pendant que nos sexes s'unissaient.

Février

Nous ramassons nos pensées tristes

Nous sommes finalement partis tous les trois skier aux Arcs. Je le sens sur ses gardes, plein de rancœur mais il a décidé de 'faire semblant' le temps des vacances. C'est une trêve comme celle que s'accordent les armées ennemies pour ramasser leurs morts. Nous ramassons nos pensées tristes, nous mettons un genou à terre, sans baisser la garde, mais nous ne nous réconcilions pas. Le temps des vacances avec son fils doit être, a-t-il décidé, un temps 'hors temps'.

Je me demande combien de temps se passera avant que l'orage n'éclate à nouveau.

Constipation chronique

Le prétexte qu'il a pris pour lâcher la bonde à sa colère fut un conflit sur le couchage. Nous dormions dans une pièce qu'il jugeait trop froide et il est allé finir sa première nuit dans le lit de son fils. Cette nuit, j'avais accepté d'augmenter le chauffage, mais ses ronflements m'empêchant de dormir, je suis allé rejoindre Paul dans son lit. Au matin, m'en a fait vertement le reproche. Cette intolérance est injuste. J'ai décidé de rester ce matin à l'appartement sans skier. De toute façon, depuis que nous sommes arrivés, je souffre de constipation chronique. Comme il lâche avec vulgarité « Ce n'est pas parce que tu ne peux plus chier qu'il faut que tu nous fasses chier ! ».

Toutes les vacances à trois sont des échecs annoncés

Le séjour est gâché. De toute façon, toutes les vacances à trois sont des échecs annoncés. Il fait exprès de me faire de la peine en se consacrant exclusivement à son fils pour que, me voyant souffrir en silence, il puisse me reprocher mon mauvais caractère. Je fais des photos souvenir de nous trois. Il ne sourit pas sur les photos. Il n'a pas envie de garder souvenir de ces vacances ratées.

Calvaire

Le retour en voiture fut un calvaire. Les Arcs-Lyon, pour déposer son fils chez sa mère, puis Lyon-Paris, quinze heures de voiture au ralenti dans les embouteillages. Il a voulu conduire pendant presque tout le trajet. Il ne m'a pratiquement pas parlé. Nos quelques échanges autour d'une émission de radio ont vite tourné court. Je prends le volant pour les derniers kilomètres pour rentrer dans Paris. Il me fait des reproches incessants sur ma conduite, véritable goujat, Pure méchanceté de sa part. Je serre les dents et ne réponds pas mais à hauteur du Pont Alexandre III, je lui déclare d'une voix blanche : « Tu vois, tu pourras dire que j'ai pris la décision de te quitter ici, sur le Pont Alexandre III, cela te fera un souvenir. » Il ne relève pas tant il est sur de lui et persuadé que je suis bien incapable de le quitter.

Richard Burton et Liz Taylor

De fait, je ne l'ai pas quitté ; nous nous sommes réconciliés, une fois de plus. Nous avons fait l'amour de manière passionnée dés notre retour et décidé de mettre le couvercle sur ces vacances calamiteuses. Il ironise sur notre côté 'Richard Burton et Liz Taylor' qui divorcèrent pour se remarier, avant de se séparer définitivement, précise-t-il. Nous savons tous deux que le fil, qui nous unit encore, est usé par nos raccommodages.

Montagnes russes

Comme de coutume, nous revoilà sur les 'montagnes russes' de jours de complicité, où nous parlons avec joie de passions communes, où nos corps se désirent, et les jours de rancœur, où nous disons des paroles de fiel.

Depuis quelques jours, tout va bien, nous montons la pente vers le prochain précipice. C'est comme le grand huit, on monte vers la lumière, c'est agréable, même grisant, mais on sait que, derrière le dos d'âne, il y a un précipice.

Clan

Fiançailles de sa fille aînée. Lou est très sentimentale, un peu fleur bleu pour l'époque, mais cela me la rend sympathique car proche de mon caractère, pas compliquée ni manipulatrice comme la cadette. La future belle famille est là. Son ex, la mère des filles est invitée. Il a préparé lui-même le buffet. Sa mère trône sur le canapé avec ses filles et Paul pendant que je fais tapisserie avec la belle famille. Son ex, avocate comme moi, cela ne s'invente pas, a gardé son patronyme après leur divorce et qui a le mauvais goût d'avoir le même prénom que moi est très à l'aise. Si j'épousais Charles, ce qui n'est pas dans ses plans, j'aurais le même nom et les mêmes initiales qu'elle ! Charles avec goujaterie en plaisante : « Cela m'évite de changer les initiales sur le linge de maison ». Il fait moult photos de son clan et ne me propose pas de venir dans le cadre. Il finit par se décider à me demander de les rejoindre pour faire des photos de 'famille recomposée'. Quel terme idiot ! Il faut croire qu'il y a des familles 'décomposées', on a bien des couples unis puis désunis.

Je ne ferai jamais partie de son cercle

Je ne ferai jamais partie de son cercle. Il est de ces hommes qui ne reconnaissent que les liens de sang. Malheureusement, je n'ai plus l'espoir, à mon âge, de porter un enfant de lui et je serai au mieux la vieille maîtresse… il cherche toujours ses mots pour me présenter en société et opte pour 'ma fiancée' ce qui fait respectable et sérieux, j'imagine. Toujours soucieux de donner une image positive de lui en société !

Février

Je ne me remarierai jamais

Hier, évoquant mon envie d'être reconnue comme sa légitime, il m'a déclaré tout de go, manifestement complètement sincère : « Je ne me remarierai jamais ! ». C'est tombé comme la guillotine, propre, net et définitif. A ma surprise d'une affirmation aussi abrupte, il me dit qu'il avait « déjà donné et que, compte tenu de l'âge de son fils, et de ce que sa mère ne travaillait pas, il devait lui assurer encore quinze ans d'études s'il décédait ; travaillait pas, il devait lui assurer encore quinze ans d'études s'il décédait ; ne pas se remarier, était le seul choix raisonnable ». Il se moque bien de ma situation.

Après les vacheries, les loukoums

Pour donner un dérivatif à mon mal être, il m'annonce qu'il m'emmène à Istanbul. Après les vacheries, les loukoums !

Mars

Istanbul

Nous revenons de notre séjour à Istanbul. Le temps était superbe. Comme chaque fois qu'il découvre un lieu de culture, il est à son affaire, passionné, curieux, enthousiaste. Ce n'est pas le même homme à Paris où, casanier, il nous enferme dans un train-train, 'bonne bouffe, bonne baise, bon film'. Il m'a beaucoup ému en m'assurant, pendant que nous attendions notre vol retour, qu'il voulait me protéger, qu'il prendrait des dispositions. Je ne lui avais rien demandé mais c'est caractéristique de Charles. Il donne quand on ne lui demande rien, il retient et se ferme comme un bigorneau quand on le force. Je continue à croire que c'est l'homme avec lequel, pour reprendre ses mots « j'ai envie de vieillir ».

Avril

Douleur somatique

Hier, nous nous sommes disputés au sujet de sa fille. Elle était passée dans l'appartement à l'improviste au prétexte fumeux de faire des photocopies. Je pense qu'elle avait envie de prendre un bain en 'loucedé' mais, me voyant présente, elle a inventé ce prétexte. J'ai été assez froide et elle est partie fâchée. Elle a appelé son père pour prétendre que je l'aurais mise à la porte. Il m'a appelé aussitôt pour me faire une scène au téléphone.

Je suis coincé par la souffrance provoquée par cette dispute. Mon dos me fait mal. Il faut que j'aille voir mon ostéopathe pour qu'il me décoince cette douleur somatique.

Son père est décédé

Il est parti depuis plus d'une semaine en Corse. Je suis seule à Paris. Son père est décédé brutalement et il revient demain sur Paris avant de repartir pour organiser les obsèques. Je dois le rejoindre quelques jours après avec ses trois enfants.

Août

Je vous salue Marie, pleine de grâces

Je suis rentrée hier, seule, chassée de Fréjus, mise à la porte de l'appartement parisien avec ma seule valise, après une violente dispute pendant nos quelques jours de vacances au bord de la mer. Je suis désespérée. Réfugiée chez ma mère, le docteur Dufer, mon psychiatre, absent de Paris, m'a demandé de rédiger le plus complètement possible le récit de ces jours d'horreur et de le lui envoyer par mail avant de me recevoir début septembre ; il me conseille également de porter plainte pour coups et blessures. Je ne crois pas que je vais porter plainte. J'ai peur de revivre ces instants horribles en les relatant dans ce journal.

Je vais tenter de faire le récit des ces jours d'horreur.

Je partirai du décès de son père.

Charles était en vacances en Corse avec son fils. Il me parlait de la maladie de son père, un cancer du pancréas, au téléphone. Les médecins diagnostiquaient sa fin certaine mais la croyaient moins proche ; il avait donc décidé de ne pas abréger ses vacances. L'agonie était intervenue brutalement, plus rapidement qu'anticipé ; en trois jours son père avait été emporté.

Charles avait demandé qu'on reporte la cérémonie à la semaine suivante le temps qu'il rentre de Corse, les vols étant complets en cette mi août afin aussi de laisser à sa fille aînée, qui vit en Angleterre, le temps de venir pour les obsèques. Le reste de la famille en avait fait selon ses volontés. J'étais venu chercher Charles et Paul, par surprise à l'aéroport bien qu'ils soient arrivés avec vol en retard de dix heures à six heures du matin et qu'il m'ait dit d'attendre à la maison, préférant prendre un taxi. Il ne sembla pas touché par mon attention et monta dans la voiture d'un air épuisé. Je comprends maintenant qu'il était éreinté par sa nuit passé à attendre à l'aéroport d'Ajaccio mais, sur le moment, son silence énervé fut comme de la bile dans mon estomac. Nous roulions dans les premiers embouteillages du matin pour rejoindre Paris. Il devait repartir le jour même pour prendre des dispositions avec sa famille tandis que je devais le rejoindre avec ses enfants deux jours plus tard. Il me dit avoir appelé ses filles pour qu'elles viennent dormir à la maison, et que nous puissions partir ainsi aux aurores, afin d'être là pour la messe en fin de matinée, car il y avait presque quatre heures de trajet. Je lui objectai avoir dit à ses filles que je viendrai les prendre au matin et qu'il n'était pas nécessaire qu'elles couchent chez nous. J'étais furieuse qu'il décide de mon organisation alors que je devais faire le taxi. Il ne céda pas, moi non plus. Il m'en voulait que je refuse que sa fille dorme à la maison suite à nos disputes passées sur mes allers et venue de sa fille incognito chez nous. Je criai, qu'après quinze jours d'absence, j'avais bien droit à un peu d'égards de sa part et que c'était à moi de m'organiser. Il se mit en colère et me demanda de le laisser à une station de taxi. Notre dispute réveilla son fils, endormi sur la banquette arrière. Il m'intima de me calmer et nous finîmes le trajet comme deux boxeurs prêts à s'élancer du coin du ring mais tenus à distance par l'arbitre.

Charles fut lointain, absent pendant les obsèques de son père. J'avais emmené ses trois enfants dans ma voiture de Paris ; je m'étais levée aux aurores pour arriver à temps pour la messe. Un pneu de ma vieille voiture a éclaté sur l'autoroute. Heureusement, je n'allais pas trop vite et j'ai pu me garer sur la bande d'urgence. Au téléphone, dès qu'il comprit que ses enfants, étaient sains et saufs et que nous arriverions en retard, il a pris son parti avec ce pragmatisme qui m'effraie toujours chez lui. Enfin arrivée, après les tracas du voyage, j'attendais des questions sur les circonstances, de l'intérêt, voire des remerciements pour m'être si bien tirée d'un accident qui aurait pu être mortel. Rien. Un rapide baiser et il emmena ses enfants rejoindre la famille réunie pour le repas de deuil. Je me suis sentie exclue, oubliée, négligée. Il s'occupa de me trouver une place assise pour déjeuner et exclue, oubliée, négligée. Il s'occupa de me trouver une place assise pour déjeuner et m'oublia. Il était trop occupé à jouer les chefs de famille, alors qu'il n'est que le fils cadet. Il avait mis en ordre les papiers de son père, envoyé un état du patrimoine complet au notaire, décidé du protocole de la cérémonie funèbre, sans consulter ses frère et sœur ; il se comportait comme le maître de maison à table, sa mère lui demandant son avis sur tout, se mettant sous sa protection. Il prenait tout l'espace laissé par le père décédé.

Nous sommes repartis le surlendemain pour passer une semaine dans l'appartement de ses parents à Fréjus. Il avait décidé de maintenir ce séjour décrétant que « cela nous ferait du bien » et « que j'avais droit à des vacances moi aussi ». Le dérivatif d'organiser le départ le rendait presque de bonne humeur. Sa mère ne voulant pas jeter les affaires de son père, pour refaire une valise avant de descendre en urgence de Paris la semaine précédente. Je lui dis, pour plaisanter « Georges, sors de ce corps ! ». C'était mal à propos mais il me dit, après un silence, comme un aveu, qu'il regretta aussitôt, qu'il fallait bien qu'il admette enfin combien il ressemblait à son père. Cette ressemblance m'angoissa.

Nous partîmes, avant le jour, par la route la plus longue, le chemin des écoliers, par l'Auvergne ; il voulait montrer à son fils le viaduc de Millau. Nous fîmes halte au soleil levant devant le viaduc de Garabit qui se libérait des brumes d'été comme un mécano orangé. C'était beau. Il y avait un oiseau dans l'arbre de l'aire de repos qui s'égosillait.

Charles me fit remarquer un escargot qui se dépêchait de rechercher l'ombre des feuilles de l'arbre, fuyant l'ardeur du soleil d'août. Nous étions bien, contents d'être là tous les trois.

Je proposai de faire un détour par le Pont du Diable de Saint-Guilhem-le-Désert dans l'Hérault. Je leur racontai l'histoire des moines qui avaient construit le pont en dupant le Diable qui se serait suicidé de colère d'avoir été berné. J'étais venu passer un dimanche avec mon frère Jacques il y a des années. C'était l'époque où il allait bien encore, où son handicap ne s'était pas encore aggravé. Nous descendîmes nous baigner et pique-niquer au bord de l'eau. Charles nagea avec Paul contre le courant jusqu'aux rochers, au dessus des trous d'eau Je les rejoignis. Il aida Paul à monter sur un rocher de deux mètres, sauta avec lui, la main dans la main, puis décida d'imiter les adolescents qui plongeaient d'un rocher surplombant la rivière d'au moins cinq mètres. Je lui demandais de n'en rien faire. Il s'obstina pour se faire admirer de son fils. J'avais peur qu'il ne se tue ; je refusais de garder le petit pendant qu'il faisait le 'coq sportif'. Je laissai le petit, agrippé sur son rocher comme une moule et nageai rapidement vers l'aval. Cela obligea Charles à renoncer à ses exhibitions. Ils me rejoignirent en faisant la tête tous les deux. Nous repartîmes bientôt car nous avions encore beaucoup de route et craignions des embouteillages.

L'après midi fut longue et caniculaire. Les

embouteillages nous retardèrent et nous arrivâmes à sept heures passées, pensant arriver en milieu d'après midi pour nous baigner. Charles était épuisé car il avait décidé de conduire seul tout l'après midi. Devant l'impossibilité de se garer, il nous laissa avec les valises et repartit cherche un stationnement. Plus d'une demi heure plus tard, il revint, excédé, me disant que nous avions la malchance d'arriver un jour de feu d'artifice qui expliquait que les stationnements soient saturés. J'allais sortir de la salle de bains quand il s'y précipita pour se rafraîchir le visage : il me bouscula ; la salle de bains est très petite, je basculais à moitié dans la baignoire ; loin de s'excuser, il me poussa encore pour se frayer un chemin. Je le sentais prêt à me frapper d'énervement. Ressorti, il me prit dans ses bras pour s'excuser, mettant la faute de son geste brutal sur son épuisement. Nous dînâmes puis je proposais un bain de minuit après le feu d'artifices. Le sable encore tiède était noir, les vagues formaient des parures d'argent dans le feu des phares des voitures. Je proposais de nous baigner tous nus ce qui amusa beaucoup Paul. Nous rentrâmes dormir.

Tout se gâta dés la première nuit. Prétextant sa fatigue, il ne me fit pas l'amour, me fit la bise et se coucha. Nous ne trouvions pas le sommeil, pourtant. Au bout d'une heure d'insomnie, il vint me rejoindre pour me baiser, autant pour pouvoir s'endormir que par tendresse. Il faisait une nuit lourde de chaleur. J'avais laissé la porte fenêtre ouverte espérant un

peu d'air. Il décréta qu'il y avait trop de bruit sur l'avenue et ferma la fenêtre. Il m'annonça qu'il irait coucher le lendemain dans la chambre sur la coursive prétextant qu'elle était plus fraîche et calme. Mon corps se prostra à ces mots, frustré de deux semaines de chasteté. Il sentit ma crispation car il me dit qu'il rejoindrait son fils son fils dans la nuit, après m'avoir fait l'amour
chaque soir m'assura-t-il. J'aurais mon bonbon, avant de dormir, seule. Un mur de frustration se dressa devant moi ; le souvenir des funestes vacances de ski m'empêchait de dormir. Le lendemain, il se leva de fort belle humeur pour aller chercher des croissants.

La plage était juste devant l'immeuble, ce qui était très agréable, séparée seulement par une avenue transformée en impasse par la marina. Nous fûmes parmi les premiers sur la plage et pûmes nous installer juste au bord de l'eau. Il n'avait pas envie de voir tous ces corps avachis et pourrait surveiller ainsi plus aisément son fils, dit-il. Il entraîna son fils se baigner me demandant de garder les affaires. Je compris qu'il ne se baignerait pas avec moi, surveillant de la plage les allers et venues de son fils, surveillant les serviettes. Je tentais bien en vain de le convaincre de venir partager ma baignade mais, agacé par mon insistance, il refusa. Seule dans mon lit, seule sur la plage. Pour lui, tout allait bien, il bavardait aimablement quand j'étais allongée à son côté, me rappelant que je lui avais dit aimer les mers chaudes pendant notre séjour à Yeu, me

207

recommandant d'en profiter car lui préférait la fraîcheur des eaux océaniques. Je décidais de me baigner longtemps, me laissant flotter, loin hors de sa vue, livrée au mol ressac de cette mer épuisée, désespérée comme Ophélie. Quand je revins, il ne s'était pas inquiété de la durée de mon bain mais me reprocha de nous avoir mis en retard car il devait aller faire les courses du déjeuner.

L'après midi, je lui fis part de mon envie d'un nouveau maillot de bains. Il me l'offrirait assura-t-il, mais reporta au surlendemain la course prétextant qu'il ne voulait pas courir les magasins à son arrivée. C'est maintenant que j'avais envie de ce maillot de bains, pas l'avant- veille de notre départ ! Si cela avait été un désir de son fils, il se serait précipité !

Cette dernière semaine d'août était caniculaire. Le moment le plus agréable de la journée était l'apéritif en fin d'après midi que Charles me laissait préparer avec Paul. Avachis sur des transats, nous sirotions nos punchs sur le balcon, regardant nonchalamment passer les voisins, un étage plus bas. Nous nous plaisions à penser qu'ils enviaient notre dolce vita. Paul, fatigué par sa journée de mer, alla se coucher tôt et s'endormit, immédiatement, de ce sommeil abrupt qu'ont les enfants. Nous avions éteint les lampes pour éviter d'attirer les moustiques.

Le balcon surplombait le jardin, noyé dans l'obscurité, zébré des phares des rares voitures qui passaient encore. Nous avions bu un peu trop de rosé. Ce rosé me rappelait celui que nous avions bu à Yeu, pendant ces premières vacances en amoureux, qui me semblaient un mirage maintenant. La douceur du soir et l'alcool nous rendit amoureux. Je sentais son désir, palpable sans qu'il parle, par une sorte de tension voluptueuse dans sa façon de parler, plus lentement, plus bas, plus tendrement.

Il me connaissait si bien ; il savait que j'avais envie de sexe également ; il ne me demandait jamais mon consentement avant de me prendre dans ses bras, sachant que je ne refusai jamais. Se levant du balcon, il vint vers moi et me pris simplement par la main pour m'entraîner du balcon dans le salon qui nous servait de chambre à coucher. Il me serra contre lui, m'embrassant fougueusement la bouche, tordant sa langue avec la mienne, jouant à m'asphyxier avec ce bâillon, noyée de son baiser, pour me laisse reprendre mon souffle dans le sien, pour m'étouffer à nouveau. De son bras droit, il me pressait contre sa poitrine tandis que sa main gauche dégrafait mon short. Je sentais son sexe en érection sous son maillot de bains. La porte fenêtre était restée ouverte et nous entendions des voix animées qui traversaient le jardin, entrant ou sortant de la porte de l'immeuble située juste dessous notre balcon. Levant les yeux, les voisins auraient pu apercevoir nos ombres chinoises.
L'appartement, plongé dans le noir, la porte fenêtre faisait miroir probablement mais nous avions l'impression de faire l'amour en public ce qui nous

excitait tous les deux. Sa main fouillait mon sexe, puis s'attardait sur mes fesses qu'elle caressait puis malaxait douloureusement comme pressant un fruit mur, revenait à mon sexe où il entrait ses doigts pour les retirer humides de mon miel qu'il portait à sa bouche, léchait comme une glace, pour replonger ensuite plus profond encore dans mon ventre et me faire goûter mon désir en mettant ses doigts dans ma bouche. Je me tordais pour échapper à ses attouchements ne voulant pas jouir ainsi, pas tout de suite. Sa main était trempée de ma sueur mêlée à mes humeurs intimes. L'odeur de sexe nous imprégnait. Je jouis malgré moi. Mon corps frémit, comme un arbre pris dans le vent, mon corps incrusté dans son corps. Il garda ses doigts enfouis en moi mais cessa de me branler pendant mon orgasme. Il fit ensuite glisser mon short et je me retrouvais le sexe livré encore plus largement. Il avança une jambe entre mes cuisses avec laquelle il frottait maintenant mon pubis. Mon tee shirt était moite et je tentais de me dégager pour reprendre mon souffle car je voulais le caresser à mon tour. Ma poitrine se gonflait douloureusement, comprimée dans le soutien gorge de mon maillot de bains. J'avais envie de libérer mes seins mais il ne relâchait toujours pas son étreinte. Il m'embrassait le visage, introduisant sa langue dans mon oreille ce qui me faisait vriller tant c'était délicieusement douloureux de volupté, puis mangeait à nouveau ma bouche. Il ressortit sa main de mon sexe pour caresser le bas de mes reins, juste au dessus des fesses, flattant mon coccyx. Mon cul, tentant de fuir sa main habile, ondulait sous son massage ce qui ne faisait que m'affoler encore plus. Mes fesses s'étaient livrées, moites de transpiration. Sa main divaguait entre mes fesses, fouaillant mon sexe et caressant mon anus. J'avais donné ma virginité sodomite à Charles, découvrant cette volupté poivrée que j'avais refusée, dégoûtée, aux autres. Il introduisit d'une seule poussée, sans effort, son index dans mon cul. Mes fesses surprises se contractèrent ce qui ne fit que rendre plus ferme sa caresse. Il fit aller et venir doucement son doigt en moi, mes fesses s'ouvraient maintenant largement. Je n'en pouvais plus ; je me sentais défaillir de jouissance. Je pesais maintenant comme un poids mort dans ses bras, épuisée de plaisir. Il s'écarta alors de moi, enleva mon tee-shirt puis dégrafa mon soutien-gorge d'une seule main habile. Je lui enlevai son tee-shirt et m'agenouillai rapidement, luttai un instant pour libérer son maillot de bains de son érection. Je pris son sexe, menaçant comme une épée, dans ma bouche en saisissant à mon tour ses fesses dans mes mains. Il me demanda de l'enculer avec le doigt à mon tour pour le faire bander encore plus.

J'hésitais tout d'abord mais il réitéra son ordre et j'introduisis mon doigt dans son cul sentant son sexe grossir encore entre mes lèvres. Je crus qu'il voulait jouir dans ma bouche et j'entrepris de le sucer comme je savais qu'il aimait mais il me fit me relever et m'entraîna sur le lit. Il se mit sur le dos et me demanda de monter sur lui. Son corps mince et musclé par ses heures de natation était dur sous moi. Je pris sa queue dans ma main et fit tomber mon sexe de tout son poids sur sa bite. C'était bon mais mon sexe était trop trempé pour que je le sente suffisamment alors, après quelques va-et-vient, je dégageai mon sexe et tenant son vit dans ma main, je me l'enfonçais d'une seule poussée dans le cul. Je sentis sa verge m'emplir complètement. Je restais un instant empalée sur lui, mes fesses frémissant de volupté puis je bougeai lentement tout d'abord puis plus rapidement. Mon cul montait et descendait le long de son vit. Il explosa en moi d'un coup et je m'abattis sur sa poitrine, gardant son sexe en moi.

Il se dégagea de moi doucement quand je commençais à m'endormir blottie contre lui ; faignant de me croire endormie, il ne m'embrassa même pas. Comme un lion après le coït, il était passé à autre chose déjà. Il quitta la pièce pour aller dormir avec son fils dans la chambre du fond. J'eus froid alors et restais prostrée 'fétalement' écoutant les voix joyeuses traversant le jardin pour rentrer se coucher et peut-être faire l'amour. Je les enviais.

Troisième jour de vacances. Je ne supporte plus son indifférence pendant la journée. Il est absent, se consacrant à son fils. Ce matin, nous sommes allés sur la plage. Il marchait avec moi mais m'abandonna pressant le pas pour rejoindre son fils et lui prendre la main pour traverser l'avenue. Je l'appelai pour qu'il m'attende et pris sa main pour traverser. Je voulais me sentir comme une petite fille, tenue par la main par lui. Il fronça le sourcil mais prit le parti de dissimuler son irritation de mon comportement infantile, me lâchant la main dès que nous fûmes sur la plage. Il reprend sa routine. Il est affreusement routinier, exécutant les mêmes activités aux mêmes heures, taylorisant les gestes quotidiens, optimisant les heures, les minutes, les secondes. Sa façon de faire l'amour m'apparaît même comme un modus operatoire, le fruit d'une expérience enrichie de ses nombreuses maîtresses, un bon petit artisanat de la caresse efficace, de l'attouchement bien rodé, un fonctionnariat de la baise. Il allume le désir en moi comme il allumerait le gaz pour faire son café, me fait jouir, puis éteint le feu comme on tourne le bouton de la gazinière. Je suis assise sur la plage dans mon vieux maillot de bains pendant qu'il lit Proust. Réussir à lire Proust sur une plage de la Côte d'Azur, en plein cagna, ce n'est plus du snobisme, c'est de la provocation. J'ai pris ostensiblement un vieux Marie Claire pour détonner. J'écoute autour de moi les couples qui blaguent ou qui se disputent, peu importe, mais qui se parlent. « Va nager avec Paul, j'irai nager ensuite ! » lâche-t-il d'un coin de la bouche, sans détourner les yeux de son bouquin. Voilà, consigne numéro 2 de la matinée, jouer les baby-sitters pour que monsieur puisse cultiver son corps par son entraînement quotidien. Il va faire le même nombre d'aller et retour qu'hier, pas un de plus, pas un de moins puis revenir sur sa serviette, content de lui. J'en ai marre !!! Profitant de ce que le petit soit allé regarder une partie de volley, j'apostrophe Charles : « Tu pourrais un peu t'occuper de moi au lieu de passer ton temps à bouquiner ». Interrompu dans sa lecture, son air de contentement de la nième relecture des affres compliquées de Swann, se fige puis se crispe. « Qu'est-ce qui se passe !? » Pour lui, il fait beau, la mer est chaude, son fils va bien, on a baisé hier soir, qu'est-ce qui pourrait bien ne pas aller ? « J'en ai marre de ne pas exister quand ton fils est là ». Cette phrase lâchée, je sais avoir commis l'irréparable. J'ai brisé les tables de Sa Loi. Le fils est tabou. Ma place est seconde. D'une voix blanche de colère maîtrisée, il m'exécute : « Si tu n'es pas heureuse d'être ici, tu peux partir. » C'est dit calmement. Laconique et définitif, bien dans sa manière. Il reprend sa lecture pour me signifier que l'incident est clos et que la vie 'normale' reprend son cours, ma saillie ne formant qu'une risée négligeable dans le lac de son contentement égoïste. Je le hais à cet instant. Je le hais et je hais son fils et je hais toute sa parentèle et tout ce qui forme un rempart d'affection, un donjon dont il me regarde sans me voir.

Quatrième jour des vacances. Nous nous sommes disputés hier soir. Il est parti dormir avec son fils, après m'avoir mal fait l'amour, comme un pensum. J'ai décidé de rentrer à Paris et suis partie au petit matin avec ma valise. Je lui ai laissé un mot. J'avais coupé mon portable. Sur le chemin de la gare, ma colère était tombée et j'étais triste de partir alors j'ai attendu l'ouverture des boutiques et me suis acheté un maillot de bains et suis revenu à l'appartement. Ils étaient déjà partis sur la plage. J'écoute mes messages et l'entend non pas inquiet ni même en colère mais simplement organisé, me donner des consignes pour mon retour à Paris. Pour lui, mon départ est un non événement pour ne pas dire une libération.

Je les rejoins sur la plage. Il est à sa place habituelle, sur sa serviette, lisant son Proust en surveillant d'un œil la baignade du petit. Je n'existe plus, je suis sorti de leur univers. Je pose ma serviette à côté de la sienne et m'assois, il lève les yeux négligemment et reprend sa lecture sans un mot. Je suis furieuse et je crache : « Je vais pourrir tes vacances et celles de ton fils ! » puis me lève pour rentrer à l'appartement. Loin, profond dans mon cœur, il y a l'espoir qu'il va se lever, courir pour me rattraper, me prendre dans ses bras, me demander pardon en m'embrassant tendrement, comme il sait le faire, mais pourquoi si rarement. Je marche sur la plage, le sable me brûle les pieds, j'ai le ventre noué de désespoir. J'écoute de tout mon corps, espérant entendre ses pas dans les miens, ses mots de réconciliation. Voilà, le trottoir est devant moi et puis l'avenue et puis le jardin et puis l'appartement désert et puis rien. Il n'a pas fait ce geste de pardon que j'espérais. Il n'a pas entendu mon cri d'amour. Je suis seule.

Charles et Paul rentrent déjeuner à leur heure habituelle, à la minute près. Charles me signifie ainsi que rien de ce que je ferai ne peut le détourner de sa capacité de passer de bonnes vacances, avec ou sans moi. J'ai mis la table pourtant pour montrer ma volonté d'apaisement. Ma colère contre lui est tombée, je ne ressens plus que de la tristesse. Je suis épuisée mais j'attendais son pas dans le couloir, son pas que je connais si bien, espérant encore qu'il ouvrirait la porte et m'embrasserait et que la vie continuerait. Il entre, pose ses affaires et envoie son fils se doucher. Je sors du balcon pour aller dans la cuisine pour me donner une contenance. Il a alors le champ libre pour m'arrêter dans le couloir, devant la porte. Il m'assène une phrase dont il a manifestement pensé chaque mot, chaque intonation : « Si tu persistes dans ta volonté de nous pourrir les vacances, j'appelle ta mère pour lui demander de te raisonner ». Il sait parfaitement que ma mère est âgée et qu'un tel appel la paniquerait, qu'elle ne peut en rien jouer les intercesseurs, que je veux préserver sa quiétude. Il me frappe lâchement en menaçant de faire de la peine à maman. C'est du chantage, un odieux chantage. Non seulement, il me détruit mais il est capable de faire du mal à ma pauvre maman qui m'imagine heureuse sur la plage. Je n'ai même pas la force de lui répondre tant je souffre de sa violence. Je me lance sur lui et le gifle de toutes mes forces. Il ne bouge pas sous le coup mais me retourne ma claque puis me saisit par le bras en me disant d'une voix basse et meurtrière : « Maintenant, tu vas quitter cet appartement et reprendre ton calme. Tu reviendras quand tu seras calmée, pas avant ! » Il entrouvre la porte et tente de me pousser en dehors de l'appartement en me tordant le bras. Je lutte pied à pied dans le couloir, m'arc- boutant contre le chambranle de la cuisine. Je suis en tongs et mes pieds glissent. Il est plus fort que moi. Notre lutte est silencieuse. Il me presse comme un rugbyman avec méthode, affermissant sa prise dans la mêlée mais je résiste et réussis à me bloquer dans l'entrée de la cuisine. Je crie à l'aide. Il me fait peur. J'ai besoin qu'on vienne l'empêcher de me jeter dehors ! Son fils passe la tête par la porte de la salle de bains drapé dans une serviette. « Rentre dans la salle de bains et n'en sors que quand je te le dirai ! » lui intime-t-il.

Que notre bagarre ait été exposée à la vue de son fils décuple sa fureur. Il me saisit alors par les cheveux pour me faire lâcher prise. Il pourrait me donner des coups de poing mais je comprends qu'il ne veut pas me frapper mais seulement me fair e quitter l'appartement. Il veut que je m'en aille. Il m'a parlé un jour des violences de son père sur sa mère, dont il avait été témoin enfant, et qui l'ont traumatisé définitivement. « Jamais, m'avait-il dit alors, je ne céderai à la violence contre une femme. Jamais, je n'exposerai mes enfants à ce traumatisme » m'avait-il affirmé. Giflé, il avait décidé, en un instant, de m'expulser pendant la douche de son fils, sans bruits si possible, sans violences inutiles, optant pour la lutte plutôt que le pugilat. Il m'a rendu ma claque celle que je lui avais donné ce soir de Noël où j'avais dû quitter le lit conjugal parce qu'il y avait mis son fils. « Aucun homme, pas même mon père, ne m'a rendu mes claques ! » lui avais-je dit alors, stupéfaite. « Je ne frapperai jamais le premier, mais ne te laisserai pas me frapper sans répondre ; je ne suis pas comme tes autres hommes, moi !» m'avait-il répondu fermement. Ce souvenir me traverse l'esprit comme celui de la claque que j'avais donné à mon père pour protéger ma mère mais que mon père ne m'avait pas rendue, alors qu'il aurait pu m'assommer d'un seul de ses poings.

Que son fils ait vu notre bagarre lui fait manquer à sa promesse d'épargner toute exposition de violence à ses enfants. Cela le met plus en colère que le coup qu'il a reçu. Il veut en finir maintenant et redouble sa traction, il me tire par les cheveux, pour m'arracher au chambranle où je suis cramponné. Mon pied glisse dans ma tong ; je perds l'équilibre ; je saisis alors pour me rattraper la porte du frigidaire qui se renverse. J'entends des bouteilles tomber sur le sol. Un liquide, - je saurais plus tard qu'il s'agit de sauce tomate -, me fait glisser et tomber de tout mon haut sur le carrelage. Je sens une brûlure dans la cuisse. Je suis couchée sur le sol, meurtrie par la chute, je sens un liquide tiède sous moi. Je réalise que je me suis compissée de frayeur. Il a lâché mes cheveux. Les voisins alertés par mes cris sortent de l'appartement situé de l'autre côté du couloir. Ce sont des retraités craintifs. A ma stupéfaction, Charles leur ordonne : « Appelez Police secours, elle menace mon fils ! » Ce mensonge me tétanise plus encore que ne l'auraient fait des coups. Je suis en catalepsie sur le sol. Je n'en croie pas mes oreilles. Je proteste d'une voix faible : « Paul, ce n'est pas vrai, c'est ton père qui me bat ! » mais mon cri reste inaudible. Le voisin referme sa porte. Comment Charles peut-il être assez fourbe et maître de lui même dans ces circonstances ? C'est un monstre de duplicité ! « Docteur Jekyll et mister Hyde » a-t-il eu le front de blaguer un jour de son caractère. Après quelques instants, le voisin revient, disant que la Police arrive dans dix minutes. Son fils a ouvert à nouveau la porte de la salle de bains malgré son interdiction. Il le saisit alors drapé de sa seule serviette de bains, et le passe, m'enjambant, aux voisins en leur demandant de le garder le temps que la Police soit là. Le petit disparaît avec les voisins qui ferment leur porte. Le silence est retombé. Charles ne s'occupe pas de moi. Il va redresser le frigidaire et remettre de l'ordre. Je me relève difficilement et me réfugie dans la salle de bains où je constate que je me suis coupée, pas trop gravement avec un morceau de verre ; mon sang est mêlé de sauce tomate. Mon maillot de bains neuf est tâché de sauce tomate, de sang et d'urine. Je me douche puis me réfugie dans la chambre du fond tandis qu'il attend dans le séjour guettant l'arrivée des policiers sur le balcon. Je l'entends leur donner le code de la porte d'entrée de l'immeuble par le balcon.

Bruits de pas, lourds, nombreux dans le couloir d'entrée. Charles a ouvert la porte et les accueille comme des invités venus pour l'apéritif. « C'est ici, messieurs, entrez ! » Sa voix est posée, naturelle.

Je suis sidérée par son calme. Les policiers, surpris par cette urbanité, hésitent à entrer. Ils ont plus l'habitude, j'imagine, de devoir forcer les portes de maris violents. Je me suis enfermée dans la chambre du fond, assise sur le bord du lit, les cheveux mouillés. J'ai froid. « C'est moi qui vous ait fait appeler. J'avais peur pour mon fils que menaçait ma compagne ». Il a planté le décor de son mensonge, pris l'ascendant sur les policiers décontenancés qui croient devoir s'excuser du retard et expliquer pourquoi ils ne sont pas en uniforme. « Nous sommes de la BAC, la Brigade Anti Criminalité. Ce n'est pas à nous d'intervenir sur ce type de situation mais nos collègues sont bloquées par la surveillance des plages. » Ils sont entrés maintenant. Reprenant un peu d'ascendant, rendus méfiants par le calme qui règne dans l'appartement, ils l'interpellent alors d'un ton ferme : « Que se passe-t-il ici ? » Charles reprend alors ses explications, si tranquillement, presque pédagogiquement, comme si les policiers étaient des enfants inattentifs. « Nous nous sommes battus ma du fond. Elle va vous expliquer ». Il fait des phrases courtes comme s'ils étaient débiles ou entendaient mal le français. Suprême habilité, il me laisse le champ libre, ayant semé le doute dans l'esprit de la BAC. Il se dirige vers la chambre comme s'il faisait visiter l'appartement à des nouveaux locataires pour aller me chercher et entrouvre la porte pour me révéler à eux.
Celui qui semble le chef tente de prendre l'ascendant : « Restez là ! » exige-t-il d'un ton sans

réplique « Je vais la chercher moi-même. ». On lui a appris à s'interposer entre les protagonistes, surtout ce citoyen, trop poli, commence à l'insupporter. Il est rare que ce soit les femmes qui battent les hommes et Charles n'a pas l'air d'un homme battu.

Il me découvre prostrée dans la chambre. « Comment allez-vous, madame ? » entame-t-il. Je ne réponds pas, mais il voit que je suis entière et en vie, sans blessures apparentes. J'ai eu le temps de mettre un pansement sur ma coupure à la cuisse. Je dois ressembler à une femme qui sort de sa douche plus qu'à une femme violentée. « Pouvez-vous vous lever et venir avec moi ? ». Il a décidé de nous confronter. J'hésite mais sa carrure et la présence de ses collègues me rassure et je le suis dans le séjour. Charles est en train de présenter sa carte d'identité au reste de l'équipe qui note son nom. Il me regarde en catimini. Le chef de brigade me demande une pièce d'identité également. « Je n'ai pas menacé son fils» dis-je d'une voix faible. Je ne l'accuse même pas de coups, je souffre tant de son mensonge. J'aime Paul, il faut qu'ils le comprennent et que je suis incapable de lui faire du mal. « Ma compagne m'a donné une gifle que je lui ai rendu. Je lui ai demandé de sortir de l'appartement. Elle a refusé. J'ai voulu la forcer à sortir. Nous nous sommes battus. Mon fils prenait sa douche. Elle s'est réfugiée dans la cuisine. Il y avait des couteaux sortis. J'ai pris peur pour mon fils, pas pour moi. C'est pourquoi je vous ai fait appeler pour la raisonner. » Il livre aux policiers sa version, factuelle, avec la neutralité d'un greffier. S'adressant à moi, il ajoute : « Maintenant, tu es avocate, tu peux porter plainte contre moi si tu le souhaites. » Il est tellement certain de sa domination psychologique sur moi qu'il provoque ma réponse. Le brigadier s'impatiente à nouveau de ce que ce soit Charles qui mène les interrogatoires et tente de reprendre la main. « Voulez-vous porter plainte madame ? » Je murmure « Non ». La prégnance de Charles sur moi est palpable et le brigadier prend alors le parti de me conduire dans la chambre pour me renouveler sa question. Je suis désespérée. Je n'ai pas de colère. Je voudrais que ce cauchemar cesse, qu'ils s'en aillent et que Charles me prenne dans ses bras en me demandant pardon. Je ne veux pas porter plainte, je veux dormir. Apercevant mon pansement, il m'interroge : « Vous êtes blessée ? » « J'ai glissé sur de la sauce tomate tombée du frigidaire, je me suis coupée ». Je comprends qu'il hésite à me laisser avec lui mais ne peut me forcer à ne plus minorer les faits, nier la violence. Il prend le prétexte de ma blessure pour décider que je dois aller aux urgences. Il doit espérer que je me reprenne là bas et, qu'avec le constat de la blessure en bonne et due forme, je porterai plainte. Il revient avec moi dans le séjour.

« Madame va devoir aller aux urgences » annonce-t-il à Charles. Loin de s'émouvoir, Charles approuve en ajoutant « C'est prudent. On pourra aussi lui donner un calmant. Par contre, je ne veux pas qu'elle revienne ici. Je suis chez moi. Il faut qu'elle prenne son sac et elle viendra chercher sa valise plus tard. Elle ira où elle voudra mais je ne la veux plus ici avec mon fils.»

Les policiers sont interloqués mais comme ils ont compris que je n'étais que la compagne car je ne proteste pas, ils s'exécutent. Je n'ai que mon short et mon tee-shirt sur moi. Je remets des chaussures pendant que les policiers appellent une ambulance.

Je vais chercher mon sac et vérifie machinalement que j'ai ma carte Vitale. Les clés de l'appartement parisien ne sont plus dans mon sac ! Charles les a prises pendant qu'il attendait la venue des policiers et que je m'étais enfermée dans la chambre.

Sa maîtrise froide et sa rapidité d'initiative au milieu d'une crise pareille me stupéfie à nouveau. Je m'inquiète faiblement auprès des policiers de la perte de ma clé.

« Je suis chez moi à Paris. Tu n'espères quand même pas que je te laisse rentrer dans cet appartement après ton comportement ici. Je rentre à Paris après demain. Tu viendras chercher tes affaires alors. » rétorque Charles. Il est dans son droit de m'expulser sans préavis. Je comprends alors que je suis sorti de sa vie avec la brutale précision d'un couperet de guillotine.

Je suis reparti, encadrée par les policiers rejoindre l'ambulance. Les vacanciers me dévisagent sans pudeur. C'est comme à la télé ! L'ambulance m'a livrée au service d'urgences de l'Hôpital telle un paquet non urgent. Le couloir d'attente est comble d'estivants souffrant de coups de soleil, de bobos indécelables, plus quelques inévitables poivrots. Au bout d'une demi-heure, une infirmière vient me voir pour remplir un questionnaire de première évaluation. Comme je n'ai pas de blessures graves, elle repart sans me laisser espérer un examen rapide par l'interne de garde, débordé, me dit-elle. Les parents des patients entrent et sortent, comme dans un moulin, amenant des boissons et des sandwichs. Voici deux heures que je suis là sur une chaise de plastique à attendre pour rien. Je n'ai mal nulle part sauf au cœur mais cela ils s'en foutent. Je décide de partir. Je sors du service d'urgence sans que personne ne s'en inquiète, leur abandonnant ma carte vitale.

Sortant de la fraîcheur et de l'ombre de l'hôpital, je suis ébloui d'un vertige par le soleil. Je me sens faible et réalise que je n'ai rien mangé depuis ce matin. Je demande le chemin de la plage. Le regard surpris des habitants me fait comprendre que je suis loin et que je dois avoir l'air un peu égarée dans cette périphérie. On me répond avec l'accent chantant du midi que je suis bien à une heure de marche et on m'indique obligeamment un arrêt bus mais je décide de cheminer. Je marche sous la canicule le long d'une voie rapide puis rejoins une rue anonyme. Je suis seule à marcher en plein soleil. Les voitures passent indifférentes. Un moment une voiture ralentit, un homme, m'ayant prise pour une prostituée sur ce boulevard désert, se penche à sa fenêtre mais repars d'une poussée comprenant sa méprise. J'aperçois un café enfin et décide de boire car j'ai peur de tomber de fatigue. Je demande un verre d'eau car je n'ai pas beaucoup d'argent sur moi. Interloquée et mécontente, la patronne me sert un verre sur le comptoir d'un geste brusque. Ce doit être le milieu de l'après midi, le soleil commence à baisser. Je n'ai pas de montre.

C'est un chemin de croix. Le souvenir de notre pèlerinage joyeux de Saint Jacques de Compostelle me porte. J'ai le sentiment de racheter le droit d'être enfin heureuse en marchant dans la douleur. La douleur de mes pas m'exalte. Je suis désespérée et j'espère pourtant. Je marche vers lui. Il m'a chassé mais je marche vers lui. Je ne pleure pas. Mon cœur est plein d'amour. Dieu m'a envoyé cette épreuve. Je boirai la coupe de fiel et serai guérie. Un éblouissement mystique me fait marcher résolument. J'irai jusqu'au bout de cette via dolorosa. Je me récite en boucle à mi mots : « Je vous salue Marie, pleine de grâce,… » tel un mantra. Je murmure ; mes lèvres prononcent sans fin les mots bénis. Quelques rares passants me regardent, surpris, mais passent leur chemin. Il y a maintenant plus de monde sur le trottoir et je réalise que je suis proche de la plage. Je ne connais pas la ville mais je saurai retrouver l'appartement qui est en front de mer. Notre dispute me semble un souvenir ancien.
Cette journée est si longue, si pénible, comme le chemin qui me ramène à lui. Je ne doute pas qu'il me pardonnera. Je n'aurais pas du le gifler, c'est de ma faute, il faut que j'accepte de m'effacer quand il se consacre à son fils, je serais « l'ombre de son ombre » comme chante Jacques Brel, je l'aime, il

est ma douleur et ma joie. Je le connais, il passe de la colère à la joie, comme un ciel changeant. Il est malheureux et triste de m'avoir chassée. Il faut que je lui dise que je lui ai pardonné, que je veux que nous soyons heureux, tous les deux, non tous les trois, c'est ce qu'il a besoin d'entendre. La mer est là devant moi maintenant. Dans quelques minutes, je vais les retrouver sur la plage et je vais enfin pouvoir pleurer et il me prendra dans ses bras et il me portera comme un enfant dans l'appartement et il me fera l'amour. Mon Dieu, exhausse moi ! Faites qu'il soit à nouveau celui qui m'a été révélé cette nuit d'initiation.

Je remonte maintenant la plage vers l'immeuble, les cherchant sur la plage mais la plage est presque déserte déjà. Il doit être tard car les estivants sont partis. Il faut que je les retrouve avant la nuit sur la plage. Oui, c'est sur la plage qu'il faut que je les retrouve. Je n'aurai pas le courage d'aller les rechercher dans l'appartement. Il faut qu'il m'y reconduise lui-même. C'est pour moi une évidence. Cela doit se passer ainsi. Je les retrouve sur la plage, je m'assoie sur le sable à côté de lui, il me prend par l'épaule et le cauchemar s'efface. Rien de ce qui s'est passé n'est réel, le temps s'est arrêté. La vie reprendra alors son cours.

Non, ils ne sont pas là. Je récite le « Je vous salue Marie » plus intensément, plus vite. La prière monte à haute voix dans ma tête. Marie va m'exhausser ! Je dois parler maintenant à voix haute car les gens se retournent sur moi sur le trottoir. Je fais des allers-retours sur le trottoir maintenant devant l'immeuble. Le soir est proche maintenant. Je dormirai sur la plage en face de chez lui s'il le faut. Comme cela, il me retrouvera le lendemain. Oui, c'est cela, je dormirai sur la plage. Cette résolution me réconforte.

C'est lui, je sens sa présence avant qu'il ne me questionne « Que fais tu là ? ». Il n'est pas en colère. « Je t'ai aperçue du balcon ». Il me guettait ! Il était donc inquiet pour moi ! Mon cœur se transporte de joie à cette pensée. Il va me reprendre. Je ne parle pas. J'attends comme un chien sans collier qu'il me prenne par la main, qu'il me touche enfin. « Tu n'étais pas à l'hôpital quand j'y suis allé. On m'a dit que tu étais partie sans attendre des soins. » me reproche-t-il. Il me gourmande comme un enfant. Je me sens si petite. Il est donc venu me rechercher aux urgences. J'aurais du l'attendre, mais avant que je ne lui parle pour m'en excuser, il reprend d'un ton ennuyé mais sans réplique : « Tu ne peux pas dormir à l'appartement après ce qui s'est passé. Je dois épargner notre violence à Paul. Il faut que tu dormes à l'hôtel ce soir. Je vais te donner de l'argent. Tu rentreras à Paris demain. J'ai préparé ta valise. Restes là, je vais aller la chercher. J'étais inquiet de te savoir errer dans les rues. J'ai appelé ta fille et ta mère. Il faut que tu les rappelles pour les rassurer et t'organiser pour ton retour sur Paris. » Je ne l'écoute plus. Il m'a reniée. Il me rejette. J'ai compris qu'il me chassait définitivement. Je reprends alors mon antienne « Je vous salue Marie » et repars sur le trottoir sans lui répondre. Il a appelé maman. Elle doit être paniquée mais je souffre trop pour l'appeler maintenant. Je réalise alors que mon portable a sonné plusieurs fois dans mon sac. J'ai entendu, dans ma transe, des sonneries mais si lointaines, des sonneries qui n'étaient pas pour moi.

Je marche maintenant vers la marina où avant-hier il avait voulu prendre des photos. Je lui avais fait une scène parce qu'il mitraillait son fils avant de proposer qu'on se fasse prendre en photo tous les trois. Nous nous étions disputés sur le ponton. Il était furieux que je gâche sa séance photo. Je pense à cela en marchant, continuant à marmonner ma prière. Il marche à côté de moi. Il trotte plutôt derrière moi. Il me parle. J'entends maintenant sa voix. « … réponds-moi. Je ne peux pas rester avec toi. Paul m'attend à l'appartement. Je ne peux pas le laisser seul. » Égal à lui-même, il continue à raisonner, exposant de manière articulé ses arguments, logiques, définitifs. Je ne l'écoute pas et presse le pas. Je murmure à mi voix maintenant, récitant de plus en plus vite. Je le vois du coin de l'œil qui me regarde comme une folle. « Tu ne peux rester seule dans cet état délirant. Il faut que tu ailles aux urgences pour qu'il te donnent un calmant » Voilà, il a médicalisé mon état et tout redevient simple ! Il me saisit pas le bras pour m'arrêter. Sa poigne me fait mal. Je n'ai aucune force pour lui résister mais j'essaie de glisser hors de sa prise. Il me coince alors contre un réverbère. Il interpelle des passants qui se promènent sur la marina. « Appelez Police secours ! » leur ordonne-t-il. Les vacanciers s'esquivent ; je tente à nouveau de lui échapper. Il prend à parti alors le garçon du restaurant proche. « Ma compagne ne va pas bien, il faut que vous appeliez Police secours ». Le garçon, tancé à plusieurs reprises par lui, se décide pour ne pas prolonger ce scandale mauvais pour ses affaires. Je sais alors que je suis prise au piège. Je cesse de lutter. Il me soutient plus qu'il ne me retient maintenant. Je ne suis qu'une douleur. Mon corps me fait mal, mon cœur me fait mal. C'est la dernière étape de ma via dolorosa. J'ai cessé de prier Marie car je sais qu'Elle ne viendra pas me sauver. Personne ne viendra me sauver. L'enfer, lui, est bien réel car il est de ce monde terrestre.

Deux pompiers sont là. Charles leur explique que je me suis « sauvée » du service des urgences cette après midi, qu'il faut que je voie un médecin car je ne vais pas bien. Ils ne discutent pas et lui tournent ostensiblement, hostilement même, le dos. Ils sont très jeunes, discutent pas et lui tournent ostensiblement, hostilement même, le dos. Ils sont très jeunes, très costauds mais si doux. « Vous allez venir avec nous, Madame, s'il vous plaît. On va aller aux urgences prendre soin de vous. » Oui, ils vont prendre soin de moi. Je veux bien. Je vais échapper à mon tortionnaire. J'ai envie de leur prendre la main comme un enfant. Ils me conduisent gentiment par le bras. Ce sont des Archanges venus me délivrer du Malin.

Le service des urgences est presque vide à cette heure tardive et je vois le médecin dés mon admission. Il est tout jeune aussi. Très attentionné. Ils sont tous si gentils. Il refait mon pansement me disant que ce ne sera rien, me fait une piqûre antitétanique. Comprenant que je pansement me disant que ce ne sera rien, me fait une piqûre antitétanique. Comprenant que je d'orange et m'autorise à dormir sur un lit des urgences. La veilleuse reste allumée et je sais qu'il est là, dans la salle de garde. Je me sens si bien, protégée. Je m'endors apaisée.

Le lendemain, au petit jour, une voiture de police vint me chercher à l'hôpital à la demande de cet interne si bon. Il m'avait réveillé avec un café et un bout de pain. Accompagné par un policier, je récupérai ma valise. Charles nous avait vus arriver du balcon. Il était seul levé, le petit devait dormir encore. Il ne dit rien, il me tendit ma valise. Le policier me raccompagna jusqu'à sa voiture mais ne me proposa pas de me déposer à la gare. Je partis, traînant ma valise, vers la gare distante d'un bon kilomètre, dans la fraîcheur d'une journée qui s'annonçait radieuse. Les restaurateurs lavaient leurs terrasses. Quelques couples faisaient leur jogging. Marchant, seule, en cette heure matutinale, avec ma valise, je devais ressembler à une SDF.

Voilà, j'ai fini ce récit de notre rupture.

Chez la conseillère conjugale

Pendant une semaine, de retour à Paris, Charles m'a ignoré puis il m'a proposé au téléphone de reprendre notre vie commune. J'ai mis comme condition préliminaire la rencontre d'un conseiller conjugal. Il avait réfléchi quelques minutes avant de céder « Oui, mais un seul rendez-vous. » J'espérais qu'un premier entretien le convaincrait de la nécessité d accepter d'entrer en analyse pour verbaliser les causes cachées de son comportement pathologique.

J'avais choisi une conseillère conjugale, diplômée en psychiatrie, et non ma psychiatre pour, ainsi que je l'expliquais à Charles, garantir sa neutralité et donc sa complète objectivité. Je ne doutais pas que n'importe quel praticien compétent ferait rapidement éclater la carapace de déni de Charles.

Connaissant la prévention, presque le mépris de Charles pour les psys, je me cachais à moi- même mon appréhension avant ce rendez-vous décisif.

Chacun était en avance. Charles me proposa de prendre un café. Avec sa courtoisie vieille France, il entra le premier dans le café et me tint la porte puis ma chaise. Il meubla de propos anodins. Il répète déjà son personnage, calme et maîtrisé, me dis-je.

La conseillère occupait un cabinet dans un vaste immeuble près de Montparnasse. Malgré ses indications, nous errâmes de porte en coursive, de code en entresol.

L'entrée était minuscule. La conseillère conjugale passa la tête, le corps caché derrière la porte, comme peureuse de notre venue. Charles avait mal dissimulé son irritation de notre errance dans le dédale de l'immeuble ; je le sentis amusé de découvrir notre Ariane cachée à moitié.

Sa haute taille et sa carrure emplit d'emblée le minuscule cabinet de consultation. Assis sur deux chaises en plastique, nos genoux touchaient presque ceux de la conseillère. Pendant que je la remerciais de nous recevoir, Charles regardait ostensiblement les rangées de livres de psychologie et de psychiatrie comme s'ils allaient s abattre sur les frêles épaules de la psy. Il ne dissimulait pas un mince sourire de dédain devant cette bibliothèque cautionnant le sérieux de la praticienne.

La conseillère nous invita à lui exposer les éléments, le plus factuellement possible, chacun à notre tour.

Charles indiqua d'un ton poli, mais déjà las, « me céder le pas ; la démarche n étant pas de son fait ; il compléterait, autant que nécessaire, mon propos».

Fixe, comme un serpent guettant l'oiseau, il me laissait dévoiler mes batteries en faisant mine de ne se consacrer qu'à son inspection bibliophile.

J'expliquais mon bonheur perdu, mon amour malheureux, mon attachement pour Paul, son fils. Charles était resté indifférent, indifférent au début de mon exposé mais je le sentis se tendre à l'évocation de son fils mais il ne m'inter rompit pas. Je racontais notre violente dispute sans l'accabler, admettant que je n'aurais pas dû le gifler. Je m'en voulais d'avoir cédée au pathos au début de mon propos pour avouer lui pardonner déjà.

Je me sentais comme une petite fille coupable. Je

me tus, épuisée de l'évocation de notre bagarre.

La conseillère vint à mon secours, saisissant ce silence pour demander à Charles sa vision de nos difficultés.

Charles fit mine de sortir de sa torpeur et, laissant tomber les mots un à un, d'une laconique morgue, lui faisant l'aumône de lui répondre, il indiqua n'avoir à ajouter qu'une précision : « il regrettait sa violence mais il avait eu peur pour son fils. »

Il me porta ce coup de dague au cœur, calmement, tuant l'espoir qu'il ne mente pas, face à nouveau face à une conseillère conjugale astreinte au secret professionnel.

Elle diagnostiqua sans mal la domination psychique exercée par Charles sur moi, suggéra que son excessif amour pour son fils était très narcissique, reconnut mon extrême fragilité exprimé par mon besoin compulsif de tendresse, ma fuite dans un amour excessivement sublimé, recommanda que nous engagions une série de séances pour verbaliser les non-dits et tenter de sauver notre couple, puis, regardant sa montre pour nous signifier que notre crédit horaire était épuisé, elle se saisit de son agenda pour rechercher des dates.

Charles la fusilla en plein vol.

« Je ne comprends pas comment vous pouvez vous autoriser à poser des diagnostics aussi définitifs que hâtifs, décréter narcissisme, et autres billevesées, après quelques minutes d'entretien, sans avoir même rencontré mes enfants ! » siffla-t-il d une voix vibrante de colère maîtrisée.

« Si vous croyez faire une vente » ajouta-t-il, de

manière volontairement familière et rustre, « vous vous trompez ! Ceci est mon premier et dernier entretien avec vous. Combien vous Dois-je ? » demanda-t-il en sortant son chéquier pour dire combien mercantile lui semblait la thérapeute.

« Merci de me faire une facture » exigea- t-il en ultime pique.

La psy, interloquée, ne savait que répondre et s'exécuta.

Charles se leva pour partir, dés qu'elle eut, piteusement, reçu ses honoraires et promis d'envoyer une facture.

Sous son masque d'irritation offusquée, je savais que Charles jubilait ; il avait pris appui, il faut l'admettre, sur un diagnostic, sinon faux, pour le moins trop rapide, pour un premier entretien.

J'étais furieuse de la maladresse de la praticienne qui pensait recevoir un couple comme les autres, sincèrement désireux d'aller mieux, et n'avait pas compris que j'espérais un aveu qui me permette de faire mon deuil de cet été infernal, qu'elle était là pour lui interdire de mentir, pas pour le juger. J'allais à confesse pas en analyse. Un prêtre aurait écouté, lui. Son silence aurait obtenu la résipiscence de Charles, là où le dire maladroit, provocateur, de la conseillère conjugale avait enfermé Charles dans le déni. Elle avait ruiné mon espoir d'une thérapie. Elle compromettait nos chances de sauver notre couple.

Charles se tut dans l'ascenseur. Avant de tourner les talons, il réitéra : « je t'avais dit un seul entretien, j ai tenu ma parole, à toi de décider de la suite ».

J'avais tout misé sur un aveu de sa part, sur sa repentance; j'avais tout perdu et pourtant je ne voulais pas le perdre lui.

Je voulais rentrer dans ma prison. Je conservais un fol espoir de le faire changer. Je décidais de faire taire la petite voix qui me disait, tu es folle ma fille.

Septembre

Il est des terres brûlées donnant plus de blé

Charles m'a envoyé un long mail pour mon anniversaire. Ironiquement, mon anniversaire est à mi septembre, date de l'avis de paiement du solde de l'impôt sur le revenu. Il me propose de 'faire la paix' sans reconnaître ses torts. Il culpabilise de me savoir SDF, squattant mes copines ou ma fille pour dormir. Charles a une capacité terrifiante à refermer les souvenirs pénibles dans un tiroir pour regarder devant lui. Il est dans l'action alors que je suis dans le regret de ce qui aurait pu être et l'angoisse de ce qui ne sera pas…

« Il est des terres brûlées donnant plus de blé » m'écrit-il, paraphrasant Jacques Brel. C'est une jolie formule. Charles a le sens de la formule qui l'arrange.

Voici un mois que nous sommes séparés. Le souvenir de cette journée est un cauchemar qui me hante la nuit mais s'estompe dans l'urgence de faire face à ma situation personnelle. Je ne puis continuer à squatter chez Céline qui ne cache pas que je la gène pour recevoir son copain et me pousse à « régler mes affaires avec mon mec ». Par faiblesse, j'ai accepté de venir prendre un verre chez Charles demain samedi. Il faut que je récupère quelques affaires de toute façon.

Novembre

Regain

Voila j'ai replongé et j'en suis heureuse.
Charles était sur la réserve au début. Il m'a proposé de boire un verre. Il m'a, à ma demande, remboursé des frais engendrés par mon retour forcé sur Paris. Il m'a demandé de l'excuser de son comportement violent sans reconnaître qu'il avait menti en m'accusant de menacer son fils. Il fait semblant de croire à cette version de l'histoire. J'étais tellement lasse que je ne pas tenté de dénoncer son mensonge. Je voulais que tout cela finisse. Nous sommes restés quelques longues minutes sans parler puis il a pris ma main doucement que je lui ai abandonnée puis ma bouche que je lui ai offerte. Nous avons fait l'amour tendrement, lentement, silencieusement. Nous avons bu du champagne ; je suis restée pour la nuit ; j'ai dormi, pour la première fois depuis notre séparation, sereinement.
Le lendemain, je suis revenu pour passer le dimanche ensemble. Il a acheté un canard et l'a cuisiné en cocotte au four avec des champignons et

du chou. Nous avons bu un vieux bourgogne. C'était délicieux.

Décembre

Sainte Rita

Réveillon au coin du feu. Sa fille et son fils sont là avec nous. Triangulation parfaite, harmonieuse, entre eux. Jeux de cartes et rires complices. Je ne fais pas le quatrième comme au bridge pour ne pas dire le mort car nous jouons au tarot. Je me sens comme derrière une vitre, leur voix et plaisanteries me parvenant atténuées. Je voudrais pouvoir danser avec Charles, qu'il me prenne dans ses bras mais quand ses enfants sont là, j'ai droit à un baiser de 'bonne copine', plus frustrant encore que l'absence de toute manifestation.
Je passe beaucoup de temps à la cuisine faisant mine de m'affairer mais cela ne trompe personne.
N'en pouvant plus, j'ai décidé de sortir pour fuir ce huis clos. Il était dix neuf heures. Charles me rattrapé dans l'entrée alors que je mettais mon manteau.
« Je vais à la messe » lui annonçais-je, ne sachant même s'il en y avait une mais cette réponse me vint comme une inspiration. « Je t'accompagne » décida-t-il sans hésiter et prévenant ses enfants, il se précipita pour me rattraper dans l'escalier.

Une bise glaciale brassait le Boulevard Malesherbes. Nous descendîmes jusqu'à l'église Saint Augustin. Il y avait un office religieux déjà commencé. Nous rejoignîmes les quelques fidèles dans la nef glaciale, au dernier rang. J'étais à peine couverte et frissonnais du froid de la pierre. Le prêtre était très loin, petite silhouette dont les génuflexions silencieuses me semblaient mécaniques car nous n'entendions qu'avec difficulté les répons du rituel. L'office fut rapidement conclu. « Ita missa est », ne put s'empêcher de dire Charles.

Je ne répondis pas. Je fis un détour par une chapelle pour mettre un cierge ; ce fut, par hasard, devant la statue de Sainte Rita, Sainte des causes perdues, m'expliqua Charles, caustique, une sainte sicilienne, exilée dans ce vaste édifice, construit par Baltard, précisa-t-il ; il ne pouvait s'empêcher de f aire le cultureux même dans ces circonstances ! Je fis un vœu à Sainte Rita, pour notre couple, mais, sans véritable espoir.

Charles me prit fermement la main pour remonter le boulevard, pressé de retrouver ses enfants ; ayant fait sa bonne action, il était tranquille !

Mars

Fuir

Séance chez le psy qui me dit qu'il faut que je fuie et que je me libère de Charles veux pas, je ne peux pas. Je pense qu'il tient à moi. Il me le dit. Bien sur, nous avons des moments difficiles mais il y a des instants de bonheur absolu.

Mars

Libérée

J'ai quitté l'appartement pendant les vacances de ski de février. Une fois de plus, Charles m'a trahie. Il m'a fait espérer en janvier des vacances partagées mais, a décidé, finalement, de partir seul avec Paul et, arrangement bancal, il m'a proposé un week-end prolongé « en amoureux » pour se dédire et préserver son petit bonheur égoïste.

Charles m'a renié trop fois comme Saint Pierre. La première fois c'est en croyant sa fille menteuse contre moi, la seconde c'est en disant que j'ai menacé son fils, la troisième c'est en déniant sa promesse de m'emmener skier avec eux.

Je n'en peux plus. Mon psy me dit depuis des mois qu'il faut que je me protège, que je parte.

Maman qui l'aura défendu jusqu'au bout, me dit aussi de le quitter.

J'ai vidé l'appartement de mes affaires et laissé deux photos sur la table en forme de message d'adieu : celle des impatiences du balcon en pleine floraison et desséchées.

Je suis partie, je me suis libérée de lui.

Sms de Charles sur mon portable « Je viens de rentrer et constate, sans surprise que tu es partie. Je te souhaite d'être heureuse avec quelqu'un qui mérite tes qualités de cœur. En espérant que nous puissions nous revoir un jour sans amertume, de ta part, car je ne conserve que tendresse pour toi et te demande à nouveau pardon du mal que je t'ai fait. » Il prend une posture noble dans l'adieu qui dissimule mal son indifférence à mon départ.

Je souffre comme une damnée.

Je n'ai plus envie de vivre

…

Ici se termine le journal de Sophie M.

Note du docteur Dufer sur le 'Journal de Sophie M.'

Ceci est supposé être le journal intime de Sophie M., sa victime qu'il lui aurait dérobé avant son supposé suicide, où qu'il aurait trouvé sur les lieux de son suicide à elle ?

Du moins veut-il le faire accroire.

Je pense qu'il s'agit d'un faux grossier, d'une manipulation de plus.

Victime, Sophie M. l'a été mais rien ne garantit l'authenticité de cette notation jour après jour de ses tourments et de ses joies.

S'il s'agit d'un texte apocryphe, ce que je crois, son écriture renforce mon diagnostic d'une perversion narcissique avérée où le bourreau vampirise sa victime jusqu'à la faire parler, à prétendre connaître ses plus intimes sentiments, se dédouble en elle.

Si je n'étais pas un esprit rationnel par formation, je dirai que cela rappelle les possessions sataniques, où Satan parlait à travers ses créatures.

Vu le penchant du patient de Charles S. pour l'occultisme et autres billevesées maçonniques, qu'il se soit amusé à ce jeu de miroir, à cet exercice de narcissisme 'au carré' n'est pas inconcevable.

Faussaire des sentiments, il a joué au faussaire littéraire.

Même dans cette hypothèse que ce journal n'est que l'expression inversée de son histoire, comme les rites sataniques renversaient la croix la pointe vers le haut, le texte est précieux pour l'analyse psychiatrique de ce patient.

Par ailleurs, quelque soit sa fausseté, le pseudo éphéméride de Sophie M. traduit effectivement une pathologie hystérique et surtout, un œdipe mal évacué, une pulsion incestueuse qui la précipitait vers des hommes dominants, image du père aimé et craint, d'un inceste phantasmé qui expliquent pourquoi la victime s'est laissée ainsi dominer par un pervers narcissique.

IV

Réponse du docteur Gouny au docteur Dufer

Paris, le 7 mai 2012

Cher collègue et ami,

En ce lendemain du second tour des élections qui ont, enfin, porté un socialiste, même s'il est psychiatriquement moins intéressant que DSK à étudier, je réponds, avec un retard à ton courrier du 27 février au sujet de ton patient Charles S. car très actif dans la pétition des lacaniens que nous avons fait tenir aux candidats…, j'ai tardé à te lire.

Je me reproche ce retard car je crains que mon courrier ne soit trop tardif maintenant pour te prévenir contre lui. J'ai essayé en vain de te joindre et laissé un message sur ton téléphone. Je t'écris en espérant que tu me lises rapidement.

Le cas me semble clair et je partage le diagnostic que tu as posé. Nous sommes devant un cas de Perversité Narcissique (PN). Il manque quelques éléments au profil type (Charles se veut aussi son Pygmalion professionnel et sexuel et la valorise aussi, parfois…) mais la relation entre le bourreau et sa victime est manifestement perverse avec une forme de sado- masochisme de la part de sa victime.

Nous sommes face à un homme de pouvoir, très intelligent, maniant le langage et la dialectique comme un scalpel. Ne s'aimant pas il prétend aimer les être à son image, ses enfants, par narcissisme et, par donjuanisme, fuit sa sexualité insatisfaite dans la conquête et la destruction de ses maîtresses. Homosexualité refoulée ?

Il a fondu sur sa proie comme un faucon sur un moineau, détectant dès le premier regard, lors de son initiation maçonnique, sa fragilité. Il a parcouru ensuite les étapes habituelles de sa méthode de séduction. D'abord une phase de séduction où il s'est posé en victime d'une compagne, mère abusive, qui l'a privé de son fils. Puis il a établi son emprise intellectuelle sur sa victime en jouant au Pygmalion, l'exaltant sexuellement pour lui donner l'illusion que son désir était amour. Il lui a donné du plaisir pour de l'amour mais elle s'est enivrée de sa propre sensualité. Il s'est lassé d'elle pour la reprendre et la conduire sur des expériences érotiques toujours nouvelles. Mais, ne l'aimant pas, il restait vide face à elle. Hors quelques moments de rémission marqués par leurs rares vacances conjointes, leurs week-ends touristiques, il était froid, indifférent, seulement préoccupé de son image. Je te fais jouir donc tu es à moi. Primitif et banal mais au combien fréquent dans notre pratique.

Il a dissimulé la relation de domination dans laquelle il l'avait enfermée en se posant en victime auprès de ses enfants qu'il rendait, de manière perfide, témoin de ses supposés « dilemmes », de la tension où le mettait l'excessive attente amoureuse de sa compagne. Il la faisait passer pour un peu hystérique, en tout cas exaltée, immature, 'fleur bleu'. Manipulant ses enfants, pour être spectateurs de leur commisération, admiratifs de sa patience à l'égard de celle dont il fit une marâtre, alors qu'elle n'était que tendresse et don. Il se victimise, se veut un Saint Sébastien alors qu'il est l'archer.

Leurs échanges, tels qu'ils ressortent de son journal, de ce journal double qu'il s'écrit à lui- même comme une forme de paranoïa jouissive, sont en permanence le retournement des situations à son bénéfice. Je suis de bonne volonté, je suis gentil, pourquoi nous pourris-tu la vie ?
L'alternance de mises sous tensions puis de rémissions témoignent de son talent pour la manipulation. Ces « montagnes russes », dont elle parle, la laissent épuisée, vidée de son énergie vitale.

Culte de son corps, sport...narcissisme assumé largement, revendiqué même.

Son amour, sincère probablement de ces enfants, est trop excessif pour ne pas être aussi qualifié de fusionnel et combien dangereux pour eux.

Que manque-t-il au tableau clinique ?

Il ne lui a pas caché son extrême engagement pour son fils. « Je suis à toi pour 70 % de ma vie, les autres 30 % sont le temps que je consacre, exclusivement à Paul. » Exclusivement, n'était pas un mot employé, par lui, au hasard.

Il lui a déclaré tout de go « Je ne me remarierai pas. » sans bien (?) mesurer la violence qu'il lui infligeait.

Ce qui manque le plus au schéma habituel d'une relation de perversion narcissique, c'est l'absence de dévalorisation de sa victime. Il l'estime. Il la trouve belle. Il est fier de l'avoir à son bras. Ce n'est pas uniquement pour la galerie qu'ils forment tous deux 'un beau couple'. Il l'aide à reprendre une activité professionnelle, sachant, et le lui disant, que son indépendance financière, qu'il espère, est la voie de son émancipation, de sa capacité à lui échapper. Il ne souhaite pas la mettre dans une situation de dépendance financière. Son narcissisme se complaît dans la fierté sociale de sa conquête qu'il entretient comme d'autres entretiennent leur cheval ou leur voiture de sport.

Quand il a fait le constat qu'il ne changera pas et qu'il ne peut que la rendre malheureuse, il le lui dit avec beaucoup de froideur. C'est une forme de condamnation à mort sentimentale mais, dans presque le même instant, il la ressuscite par un peu de douceur et beaucoup de volupté. Souffre-t-il sincèrement de la peine qu'il lui fait ? Probablement, mais, là encore, c'est parce que cela lui donne une image négative de lui qui dérange son miroir égotiste. Cela trouble l'eau dans laquelle se mire Narcisse.

En réalité, il n'imaginait pas qu'elle puisse un jour se décider à le quitter. Et pourtant, à certains égards, sa victime est consciente et consentante. Elle s'obstine dans une relation frustrante, reproduisant la situation d'échec dont elle vient juste de ressortir. Manque de lucidité de sa part ? Manipulation diabolique de la part de son amant ? Pas uniquement, masochisme aussi.

L'image œdipienne d'un père qui faisait sortir du lit de l'enfant son épouse, tentant, bien maladroitement, d'échapper à l'excessive sensualité de son époux, fut une expérience traumatique, 'fondatrice car destructrice'. Seule fille au milieu de cinq garçons, elle est « sa petite poule », qualificatif que tolère sa mère dans une forme d'acceptation implicite d'une tentation incestueuse. Cette expérience scelle sa puberté d'une culpabilité.

La mort, jeune, à la cinquantaine de ce père, amant phantasmé, la laisse seule. Elle s'installe alors dans sa vie de femme dans une reproduction du schéma œdipien vécu avec son père, recherchant les hommes forts, dominateurs. Son premier fiancé est un peu effacé, elle se livre à une scène de violence contre elle-même, enfonçant une vitre avec le poing, pour ensuite le tromper devant ses yeux avec le moniteur de plongée, qu'elle décrit comme un allemand, un grand blond aryen. On se croirait dans « Tombe les filles » de Woody Allen où sa fiancée le plaque pour un blond costaud qui la ravit sur une Harley Davidson, un 'nazi' blague Woody dans le film.

Tous deux, Sophie et Charles, souffrent d'une altération œdipienne indéniable, due à des traumatismes d'enfance. Ils en sont conscients mais n'ont pas encore tué le géniteur castrateur. Même si complaisamment, l'affirme Charles après le décès de son père.

Lui, estime que toute sa vie d'homme a été brutalisée, compromise, par les violences verbales et physiques qu'infligeait son père à sa mère. Elle, a subi le même traumatisme mais idéalisé son père. Lui, s'est installé dans une forme de paranoïa, voulant à toute force ne pas ressembler à son père et être un bon père de famille alors que son tempérament profond est celui d'un prédateur, d'un séducteur. Elle, se perd dans des recherches/rejets de l'image du père chez des hommes virils et dominateurs.

En ce sens, elle est complice de son bourreau. Elle l'enferme aussi dans un schéma amoureux, d'un cercle étroit où il doit la faire entrer en faisant litière de sa vie passée (la demande de destruction de toutes les photos de ses anciennes compagnes sur son ordinateur est symptomatique), le cercle étroit d'elle avec ses enfants, corps et âme. Elle emploie de manière récurrente une formule très symbolique : « Je ne suis pas dans ton cercle, je n'y entrerai jamais ». Elle veut former une bulle, un microcosme idéal, une famille en or où le père, la mère (elle) et le fils forment une trinité. Elle se sur investit dans la relation affective avec le fils car il est un peu le père en format réduit mais lui, le fils, est tendre et sans mensonges. Ce huis clos n'est pas celui souhaitée par son compagnon qui passe son temps à détruire cette espace sentimental qu'elle reconstruit obstinément.

Elle accorde trop d'importance à l'amour, dans une représentation sentimentale, adolescente. On pourrait dire qu'elle est amoureusement immature. Fleur bleu (Vienne, Sissi...). Alors qu'il est probablement honnête quand il dit souhaiter une relation stable, qu'il n'a jamais été aussi heureux, pleinement épanoui sexuellement, vivant avec une femme pour laquelle il a de l'estime et du plaisir à parler, partageant beaucoup de passions en commun : la franc maçonnerie, le cinéma, le sport, le sexe,... Elle met la barre toujours un peu plus haut et elle l'épuise en exigeant qu'il passe un col amoureux comme un cycliste à bout de souffle alors qu'il aspire 'à du plat'.

Elle est d'abord une femme amoureuse. L'amour est

ce qui la porte. Sans l'amour qu'elle donne, elle est sans oxygène. Elle se shoote à la passion amoureuse, rejouant toujours la même scène un peu mélo. Exclusive, elle le veut tout à elle or il n'est qu'à moitié engagé dans cette relation. Il est prêt à vivre avec elle si elle lui laisse son jardin secret d'un bonheur égoïste avec son fils et, accessoirement, ses autres enfants. Elle est accro, elle le sait mais elle ne souhaite pas être désintoxiquée. Le sevrage, elle a connu. Mieux vaut encore connaître des moments de grande détresse, pour quelques instants de lumière. Tout plutôt que de se sentir absente à elle-même car non amoureuse. L'ascétisme est un vide, un gouffre. Elle n'existe qu'en état d'amour, de maladie d'amour, d'ivresse d'amour, de transe d'amour, d'extase amoureuse. Moniale, elle aurait été mystique !

Donc ils marchent tous deux, selon leur expression, « sur le bord du précipice » en permanence. Je te prends, je te quitte. Je te fais du bien, je te fais du mal. Je t'aime, moi non plus. Ils connaissant par cœur leur petit jeu et ils se détruisent méthodiquement, surtout à grand renfort dialectique, parfois par des emportements violents de l'un ou de l'autre.

Il n'est pas violent de son propre mouvement mais il le devient pour faire cesser la sienne de violence sans vouloir entendre que la violence pour elle est l'expression de sa douleur, c'est un cri.

Tu crains que Sophie M. se soit bien suicidée mais tu penses que son prétendu journal, inséré dans celui de Charles S, n'est qu'un faux.

Cela ne me surprend pas ; divers indices tendaient à le montrer même. Charles S. a, en faussaire imparfait, adopté un style différent pour rédiger le texte attribué à Sophie M mais la prétention littéraire sous-jacente, la pédanterie, le dénonce. Faute de certitude du décès de Sophie M., cette confession ne serait-elle pas une manœuvre de la part de Charles S. pour crédibiliser le sérieux de son cas et se 'victimiser' auprès de toi.

Je t'en conjure ne tombe pas sous la coupe de Charles S. qui, au prétexte que tu l'aurais retrouvé, te demanderait de l'aide. Si tout cela n'était qu'un montage et que ni lui ni elle ne se soit suicidée ce qui est, à l'heure où nous écrivons, l'hypothèse la plus probable, tu dois renoncer à soigner ce patient car ton excessive empathie pour lui te fait perdre la distance nécessaire et tu ne peux traiter le bourreau et sa victime.

Charles S., comme tous les PN, se complaît dans son état et tu sais comme moi que les PN ne recherchent pas la guérison mais la persistance dans leur égoïste épuisement de leurs proches. Les PN sont comme des succubes, pour reprendre cette référence de Charles, ils vident les être qui les aiment de leur énergie vitale. Ce sont des cannibales sentimentaux.

Au-delà de ce profil de PN, je crains que tu n'aies eu à affronter un patient manipulateur comme on en croise parfois mais d'une pathologie particulièrement dangereuse, celle des paranoïaques qui ne vont pas consulter un psychiatre pour guérir mais pour perfectionner leur propre casuistique. Il en y a un exemple intéressant dans le personnage de Tony Soprano, parrain de la mafia. Tu connais peut-être Les Soprano, cette série télé américaine. Sa psychiatre, après une pratique de dix ans, que Tony Soprano a commencé, prétexté, pour des crises d'angoisse, réalise qu'elle a cédé à la fascination pour son patient, qu'il la manipule et, suite à une prise de conscience brutale faite par des collègues lors d'un dîner, comprend qu'elle n'a fait que renforcer l'habilité de la bête qui habite son patient. Elle rompt alors l'analyse pour se sauver elle-même et ne pas contribuer plus avant à nourrir le Golem.

Je t'envoie ce mail en urgence. J'ai essayé de te joindre en vain au téléphone plusieurs fois après la lecture du journal de ton patient. Prends quelques mesures de prudence immédiates. Merci de m'appeler dès que tu l'as reçu pour que nous en parlions et que tu me rassures sur ta sécurité.
Je pars en consultation à l'hôpital. N'hésite pas à m'appeler sur mon portable.

Bien confraternellement

Docteur Albert Gouny

Épilogues

Assassinat
Flash de France info
« L'assassinat d'une psychiatre parisienne dans son cabinet, semble-t-il par un de ses patients, pose à nouveau la question de la dangerosité de ce métier. »

Nécrologie
Carnet de la revue Hors les murs, revue des anciens élèves de l'École Nationale d'Administration
« Promotion Voltaire
Nous avons le regret d'apprendre le décès de notre camarade Charles S. le 10 janvier 2014. »

En fuite
Sms de Sophie M. au docteur Dufer « Merci Docteur de votre sms m'alertant sur le danger représenté par mon ancien compagnon Charles S. Je ne réponds plus à mon téléphone car il m'appelle plusieurs fois par heure, en numéro caché, alternant séduction et menaces. Je me suis mis à l'abri chez une amie qu'il ne connaît pas. J'ai prévenu la police mais elle dit ne rien pouvoir faire. Pouvez-vous intervenir pour le faire interner ? »

Table

Eucharistie sexuelle
La violence
Enfin seul !
Réconciliation
Chez la psy
TS (Tentation suicidaire)
Partie !
Procès de Moscou, version maçonnique (début)
Procès de Charles Kafka (suite)
Eve, née de la côte d'Adam
Gnose
Inquisition (fin)
Démission
Je suis un salaud

Commentaire du docteur Dufer sur le 'Journal d'un Pervers narcissique'

Notes du premier entretien d'analyse du patient Pierre N. / Charles S. par le docteur Dufer

III
Journal de Sophie M.

Journal
Rupture
Boulot, boulot
Franc Maçonne
Appel
Champagne

« Faire cattleya »
De Charybde en Scylla'
Baisers
Paul
Je l'aime !
New Age
L'île d'Yeu
Arythmie cardiaque
Séparation
Jour de l'an
Accident Vasco Cérébral
Lazare
Épictète
Ascèse
J'adore le sexe
Ses filles
Lit conjugal
Menteuse, mythomane
Il déteste les psys
Mon psy
Malédiction des fêtes de fin d'année
Lilas
Cabourg
Églises romanes
Halloween
Cévennes
Fruits de mer et sexe
HLM
Jura
Bar -sur -Seine
Divorce à l'italienne
Barbe bleu

Bouboune
Fils de riche
Ile de Ré
Huissier
Loyer impayé
Photos
J'aurais tant aimé avoir un enfant de lui
Compostelle
Maman
Loth
Chiropracteur
Corse
Conques
Rocamadour
Notre chemin de Compostelle
Touche-touche
HLM
Noël est une fête que je crains
Il est comme un eunuque dés que son fils est là
Qui a peur de Virginia Woolf ?
Paris est triste
Polanski
Gifles
Papa
Bal Regenbau
Casablanca
Police secours
Le fil à la patte
Nous sommes restés solitaires pendant que nos sexes s'unissaient
Nous ramassons nos pensées tristes
Constipation chronique

Montagnes russes
Toutes les vacances à trois sont des échecs
annoncés
Calvaire
Clan
Richard Burton et Liz Taylor
Je ne ferai jamais partie de son cercle
« Je ne me remarierai jamais »
Après les vacheries, les loukoums !
Istanbul
Douleur somatique
Son père est décédé
« Je vous salue Marie, pleine de grâce ! »
Chez la conseillère conjugale
Il est des terres brûlées donnant plus de blé
Regain
Fuir
Libérée

**Note du docteur Dufer
sur le 'Journal de Sophie M.'**

**IV
Réponse du docteur Gouny au docteur Dufer**

**V
Epilogues**
Assassinat
Nécrologie
En fuite

Paris – Janvier 2014